18

All about Love

在愛情轉角處，想你

by Yumi

15 All about Love

When I Fall in Love

01

其實我不太清楚為什麼會走到現在這種進退兩難的局面。

「為了朋友，去不去？」梁可靜在我面前瞇著眼睛看我。

「今天媽媽煮了補湯，可以的話早點回家吃飯。」這是姊姊稍早打來時說的話。

我在這兩個選擇之間搖擺不定，忠孝真的很難兩全。

後來，可靜用「她的一生幸福都操之在我」這種可怕的句子作為威脅，讓我心生害怕，我只好打電話跟我姊說今天公司有事要加班。

媽，對不起。

於是，現在我跟著可靜，坐在台北市有名的法國料理餐廳裡，對面坐著的是兩位西裝革履的男士。

可靜熱愛相親，她才二十四歲，我不知道她為什麼這麼急著要把自己嫁出去，多她三歲的我從來都沒想過這件事，今年到現在也不過三個月，她已經安排了十幾次相親，幾乎每個星期六、日都有約會等著她。

但每次相親完，可靜都會列出一大堆跟對方不能結婚的理由，然後悄悄地把男生的名字從名單裡劃掉。

不要以為可靜只是亂槍打鳥，每個相親的對象她都有調查過，幾乎每個人都有一張A4的資料可以調閱，可靜應該去考調查局，她非常適合在網路上搜尋每個人不小心洩漏的隱私。

「梁小姐，料理的口味還習慣嗎？」說話的男士叫謝峻凱，是可靜千挑萬選後的約會對象。

儘管我不知道為何這樣重要的約會會變成四個人一起，也就是對方帶著他的朋友，可靜也帶著我，下午我問了可靜，她只用一種「妳是真不懂還是假不懂」的表情加上翻白眼來回答。

但我還是不懂。

相親這種事情的意義何在呢？兩個人假裝成最好的樣子前來赴約，回家後會不會還是挖鼻孔摳腳皮呢？

見面時兩人眼神交會、講話談吐、吃飯禮儀這些東西都有可能是對方惡補整晚用來應付這次約會的假象，人怎麼能憑著僅僅一次約會就知道對方的內心？怎麼能瞭解他在這樣的外表下隱藏著什麼樣的性格？

所以我從來不覺得相親有用，但當然可能也是因為自己天生就是普通人，所以羨慕可靜這種走在路上就會有人搭訕的美女。

「相當精緻。」可靜放下手中的餐具，擦拭嘴角，這才抬起頭露出完美的微笑。

可靜，典型的美女，一雙大眼搭配濃密的睫毛，不化妝就已經很亮眼，再加上無懈可擊的化妝術，頓時讓眼睛變成電死人不償命的工具，一頭略帶茶色的長髮在肩上形成弧度優美的大波浪，身上的香水非常技巧地灑得若有似無，淡淡地勾起人的感官慾望。

坦白說，現在坐在面前的兩位男士單就外表來看都屬上等姿色，來之前可靜特別破例讓我看這個人的A4檔案，但說真的下班前事情太多，我放在桌上根本來不及看就跟可靜一起坐車赴約，可靜在計程車上還分秒必爭地替我化妝。

「法國料理耶，妳怎麼能不化個妝？」

我也想啊，問題是沒時間。

也曾經交過男朋友，用盡全副心力去對待，去珍惜得之不易的感情，但不知道是因為我碰到的人都太誠實還是因為我真的很不會談戀愛，總之最後分手幾乎都是因為「妳太愛我了，讓我壓力好大」。

談戀愛不就是要愛？不愛你，難道愛隔壁老王嗎？

曾經這麼問過對方，但對方沒有回答我，他也是用一種「妳是真不懂還是假不懂」的表情看著我，好像我不應該不知道這種問題的答案。

為什麼替對方著想會成為「妳太愛我了」，為什麼喜歡一個人會變成「妳的喜歡讓我壓力好大」？這些思緒在腦海裡轉過來轉過去，想到有點無法負荷的時候我問可靜，她只說：「分手只有一種理由，就是他不愛妳，剩下的都不用多想。」

就是不愛了。而已。

不管曾經說什麼很愛妳，說不能失去妳，最後分開的時候，都只是不愛了。

愛跟不愛都只是一瞬間的事，如此容易的跟過去揮別，跟愛情揮別，他和我之間沒有的感覺好像突然就可以在其他人身上發現。

愛這種東西，來去的速度跟天氣一樣難以預料。

晴天跟雨天都只是參考用，真正碰到狀況的時候，通常都是自己倒楣，沒帶傘卻下雨的天氣，就算濕透了站在路邊瑟瑟地發抖，也不像偶像劇一樣會有人遞傘給我。

「傅小姐呢，還喜歡嗎？」

回過神，發現謝峻凱正看著我，一時之間不能習慣這麼正式的稱呼跟問句，也不知道該怎麼回答比較得體，於是就指著面前盤子上那一小撮黑色一粒粒很像螞蟻蛋的物體說：「對不起，但我不吃這種顏色看起來不太舒服的食物。」

我講完之後，大家突然安靜下來，場面變得有如下過雪般寒冷，可靜微微地咳嗽。「不好意思。」

「噗哈哈哈……」坐在謝峻凱旁邊，整晚沒說話的男生此刻突然爆笑出聲。

他叫張又晟，今天出現的時候我本以為他是可靜的約會對象，但後來才發現他是陪客。謝峻凱可能沒什麼朋友，不然怎麼會帶一個比自己帥的男生來第二次約會？

「今天飯局最有意思的就屬這句話。」張又晟看著我：「妳叫什麼名字？」

「傅利嘉。」知道今天我不是主角，但剛開始互相寒暄時我明明就說過我叫傅利嘉啊。

「其實我也不喜歡法國料理，吃起來綁手綁腳的，怎麼樣？我帶妳去吃真正好吃的東西，走吧。」張又晟顯然是行動派的人，他站起身就拉起我往外走。

「電燈泡要走啦，希望你們倆春夢了無痕。」張又晟頭也不回地揮手離開。

被拉住的瞬間我有種暈眩的感覺，像是乾涸很久的地方突然下起大雨那樣，男生溫熱而厚實的手掌緊抓住我手，往外走出去的時候我回頭看了一眼可靜，她臉上顯現出來的表情是驚訝或是莫名其妙我無法判斷。

只希望不要對她今晚的第二次約會有所影響，我知道她對這個謝峻凱期待還滿高的。

每個人都有對自己來說極為珍貴的事物，對可靜來說找到對的男人是她最重要的目標，我對她這種建立目標之後就不斷努力往前衝的態度感到敬佩。

不知道何時開始我對愛情已經有點意興闌珊，該說是放棄嗎？但其實自己一個人慢慢地數日子好像也不會覺得失落，很自由。

我總是想去哪裡就去哪裡，春天請一個早上的假去天元宮，沒有假日的人潮，自己一個人看著盛開的櫻花，拍幾張裝可愛的照片放到部落格；夏天也是一個人熱血地衝墾丁看春吶，在沙灘上看著卿卿我我的人們也不覺得自己孤單；秋冬則是休養生息，儲備來年的氣力。

聽起來很像老人家的生活，但我真的覺得生活沒有愛情好像也不會過得比較慘，頂多每年情人節都找不到朋友一起吃飯。

一旦生活定型，就很容易安於現狀，即便是一個人，也覺得滿足。

「那個……」我有點不知道該怎麼開口。

「什麼？」張又晟停下腳步，他的身形修長，兩個人並肩站在一起我只到他的肩膀，需要仰著臉才有辦法跟他說話。

「不好意思，你現在可以放手了。」看著我們之間的連結，牽得緊緊的兩隻手，我怕再這麼下去會露出我的獸性。

「為什麼要放開？」他倒是很輕鬆地笑了，這笑容讓我有點驚訝，原來男生露出潔白牙齒的笑容那麼不錯，以前從沒仔細注意過前男友們笑起來的樣子。

或許是因為太在意兩個人之間的相處，反而變得不自然吧。

愛一個人，我總是希望自己也做得很好，但好像認真卻總是做錯事。

可靜說我那樣不叫談戀愛，叫做當笨蛋。

「如果我是妳男友，我會介紹妳是我媽，不是女朋友。」可靜說：「做那麼多，人家會感謝妳嗎？」

「謝謝。」想到這，不知道為什麼我說出這兩個字。

「不客氣。」張又晟繼續笑著，那笑容突然好看得讓人覺得有點頭暈。

不過，應該是真的暈，因為這麼想之後天地突然旋轉起來，腿一軟，就跌坐在地上。

張又晟什麼也沒問，靜靜地扶我起身，讓我坐在路邊豪宅外牆的低矮石柱上。

「所以說法國料理不好。」張又晟也挨著我旁邊坐下。「又少、又貴，不敢吃的人，整個晚上什麼也沒吃，身體不好的一下子就暈倒了。」

的確是，自己太過挑食這點我承認，但端上來的料理讓我很苦惱，看得出來是什麼的偏偏不敢吃，看不出來是什麼的又不敢問，而且還有整隻蝸牛放在面前，那些菜色實在讓我有點害怕，偏偏那又是超高級餐廳。

「坐著別動。」張又晟說完這句之後，就邁開大步跑開，原來穿著西裝的人跑起步來也是可以很快的。

沒過多久，噠噠的皮鞋聲音又從遠而近。

眼前出現巧克力。「吃這個，血糖會高起來。」

「我……」我不喜歡吃巧克力，很想這麼說，但人家畢竟穿著西裝大老遠地買回來，總該給點面子。

伸出手想接過巧克力時，張又晟先抓住我的手，才把巧克力放到手心。

儘管不喜歡吃，但這時候也只能硬著頭皮把巧克力塞進嘴裡，不過一吃下去就覺得很溫暖，不知道是因為巧克力還是因為他握住我的手很熱。

自己一個人知足常樂地過了幾年，突然出現一個穿皮鞋在夜裡跑步買巧克力給我吃的人，甚至還稱不上是朋友，有點感動。

「不暈了？」吃下巧克力過幾分鐘，張又晟問我，此時氣溫開始降低，看來今天的氣象預報又再度失準。

「嗯。」好不容易把那半條巧克力嚥下去，果然不再覺得天旋地轉。

原來這個人發現我幾乎都沒吃飯，連可靜都沒發現的事，他竟然注意到了，我想可能是因為來當陪客的人都太無聊，既不能好好跟朋友聊天，也不能低頭看手機，還得裝出有氣質的好形象。

「帶妳去吃好吃的。」張又晟叫我慢慢站起來。「不過在這之前，可得先處理一下這衣服。」

他帶著我走進附近百貨公司裡最近新開的平價服飾店，挑了幾件樸素但正符合我平常風格的衣服遞到我面前：「這應該是妳喜歡的吧，要換嗎？」

拿著衣服進更衣室試穿出來之後，發現他也換上休閒裝扮，雖然男生穿西裝就是有種說不出的帥氣，但不能否認他這樣也很好看，可能是因為長相的關係，雖然不是濃眉大眼型的，但他一雙眼睛就是特別有神。

張又晟本來就高，休閒服下略微透出的線條顯示出他有鍛鍊的習慣，不過皮膚並不是我喜歡的黝黑，但人高穿衣服就好搭，怎麼穿都顯得挺拔，真好。

「不錯。」他看我換裝後的樣子，點點頭，招手請店員過來移除衣服上的吊牌。

「還沒結帳耶？」

「我付了。」

「怎麼知道我喜歡這種的？」

「我不知道，只是因為這些正在特價，我才拿的，這樣要裝大方付帳的時候才不會太心痛。」他聳肩，很自然地把話說出口。「但因為今天買西裝又付了這筆把錢用光了，所以等下吃飯就要換妳招待。」

「好，沒問題，交給我。」應該沒問題吧，不會去那種一隻蝸牛要整張千元大鈔的地方吧。

我突然發現，他是第一個我能這麼自然相處跟對話的男人，因為被說對男友太好讓人壓力很大，所以後來我根本不知道該怎麼跟男人相處。

但眼前這個跟可靜一樣很容易被搭訕的帥氣男子，竟讓我擺脫那些不自在，可以自自然然地跟他說話。

很難得。

「但，我帶的錢不多。」我低頭拿出皮包算著。「一千二。」

「這是正常女生皮包裡應該有的數目嗎？」

「可能不是，正常女生不會帶錢，有男生會幫她們付。」

「哈哈，妳真的很有趣。」

比起有趣，我倒是比較喜歡「聰慧」、「古靈精怪」這類的形容詞，有趣總覺得比較像是在形容貓狗寵物類的。

坐上計程車沒多久就到達熱鬧的夜市，張又晟帶著我東拐西彎地在夜市裡走動。沿途的人看我們牽著手會以為我們是情侶嗎？

想著想著不禁覺得臉熱起來，我這是在想什麼，難道我單身太久漸漸有自我感覺良好的毛病了？

路途中人潮眾多，因此張又晟再度牽著我的手，而我應該要甩開卻又沒有甩開。

我開始有點明白偶像劇裡突如其來的一見鍾情是什麼樣的感覺。

本來以為那只是編劇腦海裡天馬行空的想像，原來真實生活裡，人真的會因為一些溫暖而受到撼動。

前男友總說談戀愛要公平，所以我跟他之間的相處絕對公平，舉凡旅遊、吃飯、電影、逢年過節送禮……金額都是對半平分。這也就算了，連淋雨這事也要公平，要嘛就一起淋雨，絕對沒有他幫我撐傘，然後他自己淋濕這回事。

「公平不公平的事情根本沒有絕對，誰比較愛誰也沒有答案，說穿了利用跟被利用是兩相情願的結果，跟愛一點關係都沒有。」這是可靜聽完我可悲的遭遇後對我說的。

邊走路，張又晟就邊跟我胡亂聊天，說哪家店好吃、哪家店根本就是騙錢。

真的很喜歡這種自然的氣氛，但問題是今天是我們第一次見面，想想真是不可思議。

沒多久，到達一家看起來不太顯眼的熱炒店門口，張又晟一腳踏進去，就跟老闆熱情地打招呼，熟門熟路地拿了菜單後坐下。

「今天被謝老頭逼去吃飯，本來覺得這種餐會很無趣，後來發現妳的表現比電視還精彩，漸漸地覺得有趣起來，沒想到妳還真誠實，將了謝老頭一軍，讓整晚的無聊都一掃而空。」坐下之後，張又晟拿著點菜單註記著。「不喜歡吃的菜出現在妳面前，妳會先輕輕地皺眉，接著拿叉子開始翻動那些食物，希望從中找到可以吃或喜歡吃的部分，有找到的話，妳會眼睛一亮小心翼翼地把東西吃掉，如果找不到喜歡的，就拿著叉子發呆，很有趣啊。」

「點好了，看看還想吃什麼。」張又晟把點菜單遞到我面前。

看過菜單後心裡很驚訝，那一瞬間我知道他真的有在觀察我吃下了什麼，眼前這張點菜單點的菜幾乎全是剛剛我從那些法國料理盤中找到吃下去的食物。

我沒有繼續劃記，站起身來把點菜單拿去給老闆，回到座位上坐好，雖然只是短短的一分鐘但腦海裡卻轉過許多念頭，有很多感觸。

那麼多年來凡事替別人想，別人卻當成理所當然，而自己的事卻往往被忽視。跟前男友交往滿一年後相約去吃飯，他完全不記得我愛吃什麼沒關係，但我吃了蝦就會過敏這件事他顯然也沒有放在心裡。

因為那天他帶我去吃「活蝦料理」，記得那天我走進店裡還有些疑惑，想說他應該知道我吃蝦會嚴重過敏吧，直到他自顧自地點完菜，一道道菜陸續上桌之後，我才真的確認那些事實。

當下我沒說破，還故作輕鬆地問不吃蝦的人怎麼辦。

他反問我：「妳不吃蝦啊？」

這問題問完的瞬間我突然閃過不能繼續跟這個人在一起的念頭，當下就拿出可靜的絕招：「對不起，我想我們不適合。」這是我第一次主動提分手。

離開之後，他還打電話罵我沒風度，在我的朋友圈裡說我對他始亂終棄之類的。

人犯錯時最可惡的莫過於將過錯都推到別人的身上。

我根本沒有做錯什麼，而他，想盡辦法說出那些藉口，只是為了減少自己的罪惡感。為了讓自己在這樣的分手裡顯得悲劇，讓自己全身而退，管對方會不會因此受傷，自己安心最重要。

「又在想什麼？」張又晟突如其來的聲音讓我嚇一跳。

「算錢夠不夠。」

「不夠沒關係，等下幫忙洗碗。」張又晟拿起免洗筷。

我從自己的包包裡拿出隨身攜帶的環保筷，把平常借給可靜的那雙遞給他。

「愛護地球，少用一點免洗筷。」

「是的，不過下次吧，這次這雙我已經拆開了，不用也是一種浪費。」

熱炒的上菜速度果然驚人，才說沒幾句話，一道道菜已經香噴噴地端上桌，張又晟沒說錯，這真是一家很棒的店，口味清爽不油膩，每道菜都香味四溢，喚醒了我今天晚上沒醒過來的味蕾。

「給我妳的電話吧。」張又晟拿起手機。

「為什麼？」

「以後再帶妳吃好吃的，不要再陪朋友吃法國料理了，很貴又不好吃。」

「好。」我笑出來，渴求溫暖一定是人的天性，不然怎麼會這麼容易讓人陷進溫暖的話語裡。「但她常相親，以後還是要陪她。」

「放心啦，老謝很喜歡她，應該會在一起。」

「能不能在一起不是男生可以決定的。」

「唉唷，這麼屌？」張又晟學起知名的男歌手，害我噗嗤一聲笑出來。

張又晟看著我。「女生要多笑，才會變漂亮。」

「我天天都笑為什麼沒有變漂亮？」

「可能還是有個別差異吧，哈哈。」

跟著笑了出來。原本以為自己的生活已經足夠，也很快樂。這才發現原來貪心還在，那些想要戀愛的感覺只是被壓抑下去並非不存在。

「半夜可以打電話給妳嗎？」

「為什麼？」我吃了一大塊酥炸雞腿，香噴噴的雞腿搭上鮮香四溢的蔥蒜末，真是一絕。

「叫妳起床上廁所。」

「我又不會尿床。」張又晟雖然很奇怪，但看在那張臉的份上，還是原諒他幼稚的話語好了。

「哈哈，幾號？」

講出手機號碼時我沒有遲疑，看著他飛快地按著手機，我私心希望這是一個好的開始。

「妳為什麼陪朋友去約會啊？妳沒有男朋友嗎？」張又晟突然這麼問。

「那你為什麼陪朋友去約會？沒有女朋友嗎？」照樣造句誰不會？

「因為我欠老謝一個人情。」

「那我欠可靜的人情可能有十個。」

「那麼多？」

我聳聳肩當作回答，有時候講得太多也不好，總不能把過去的糗事都一一拿出來說，更何況可靜跟我從大學時代就認識，我大四時她才大一，卻比我成熟數萬倍，我在她手裡的把柄多不勝數。

沒幾句話，張又晟飯碗空了，望著他轉身去盛飯的背影，跟剛剛穿著西裝的他極為相似又有些不同，相同的是似乎可以讓人安心的寬闊肩膀，不同的或許是戲謔外表下，我還沒發現的部分。

說不定我也像可靜一樣期待著愛情。

人，總難免脆弱，我雖然老是覺得自己很堅強不需要誰來讓我依靠，但或許有人可以依靠也不是件壞事。

啊！我是不是想太多了？

今晚的事情或許根本只是個插曲，我卻開始繪聲繪影地想像起來，難道是春天到了人都會莫名的發春嗎？

拍拍自己的頭，希望自己冷靜下來。

「妳幹嘛？」忘記眼前張又晟還在吃飯。

「呃……好像有東西掉到頭上。」

「好爛的藉口。」張又晟真的很餓，他已經吃第三碗飯了。

「想不出更好的。」

「想我就老實說，沒關係的。」

「今天第一次見面，你應該要留個好印象給我，怎麼嘴巴那麼不討喜。」

「討喜的嘴巴？那是要我親妳的意思嗎？」張又晟突然把臉湊近我耳邊，低聲地呢喃著。

「不是。」我閃電般退開，臉火辣辣地燙起來。

「開玩笑的啦。」

張又晟一副沒事的樣子繼續吃飯，但我卻掩飾不住自己的心跳聲，怦怦地那麼響。

原來男生若有似無的輕浮也是一種火力強大的挑逗。

02

隔天，接著到來的並不是以為會到來的張又晟，而是謝峻凱。

不知道為什麼謝峻凱有禮的打來電話問可不可以見個面，應該是和可靜相關的事情吧，我想。

「請問傅小姐今天下班後有空嗎？」

「請問有什麼事情嗎？」跟客氣的人說話，總是也忍不住客氣起來。

「有些事情想請問一下傅小姐。」雖然謝峻凱看起來人很好，但這樣講話的語氣總是讓我渾身不自在。

「有什麼事情在電話裡不能問嗎？」

「我覺得當面跟您談比較有禮且恰當。」

突然之間我真的很想回：「蒙公子不棄，但小女子今日玉體違和，若公子有事相商，煩以書信代之，小女子必盡速覆答。」

什麼跟什麼啊？！

那瞬間我想起可以自自然然說話的張又晟，根本不需要思考就可以輕鬆對答的人，雖然明白謝峻凱這樣的禮貌或許代表著他是少見的好人，但我真的對這些用語感到渾身不舒服。

「下次吧，今天我跟可靜有約。」

默默地推掉邀約之後，撥電話給可靜。

「謝先生跟妳發展得如何？」

「嗯，我想可能不太適合。」可靜嘆口氣。

「又怎麼了？」

「我發現他好像對我沒興趣。」

「這世界上怎麼可能會有對妳沒興趣的人？」要我是男生，一定會拚命追到可靜，又漂亮又會賺錢、個性善良，家事還一把罩，這麼完美的女生去哪裡找？

錯過可靜的人如果不是沒長眼睛，可能就是同志好朋友，既然這位謝峻凱先生有長眼睛，那他應該就是同志。

「第六感，第六感。那天吃完飯他送我回家，接著幾天他都沒有跟我聯絡，如果不是欲擒故縱這種爛把戲，可能就是對我無感。」

「所以是同志好朋友？」

「是嗎？所以那天跟他一起來的那個張又晟是他男朋友嗎？可惜了，張又晟長得很不錯。」電話那端的可靜一副惋惜的口氣。

「男……男朋友！」我倒抽一口氣。

「對啊，不然誰會帶比自己帥的男生來？」

是啊，想想也覺得怪，但張又晟看起來不像啊，真的不像啊。

原來我之所以會跟他這麼自然的聊天是因為他不具有威脅性嗎？他們兩人真的關係不單純嗎？

「妳在想什麼？」可靜看我不說話又問我。

「沒……沒有。」這種不會回答問題時就結巴的習慣還真是明顯。

我還沉浸在混亂之中，可靜又接著開口：「現在這種人很多啊，我也在納悶為什麼他說要帶個朋友來。」

「但張又晟看起來不像啊。」

「我也覺得不像，不過人世間有很多事情說不準，是吧？嗯，今天非常謝謝您的來電，希望下次可以有機會合作。」後面那句顯然是老闆出現在可靜附近，所以她換成客服模式，用非常甜美制式的口吻講完後迅速掛電話，留下我一個人獨自發呆。

男朋友嗎？

可惜了那麼帥的臉跟那麼美好的身材。

唉我又在想什麼。

才思考一分鐘，手機又響起，我沒多加思索接起電話就問：「老闆走了喔？」

「妳怎麼知道？裝針孔偷看我嗎？」這帶著笑意的嗓音……不是可靜啊？「我都不知道妳消息這麼靈通，已經知道我在哪裡上班了。」

「你……」這略帶笑意，聽起來有點輕浮卻意外溫柔的嗓音。「張又晟？」

「下班後要約會嗎？」

「跟誰約會？」

「我啊。」他略帶笑意的嗓音很迷人，我都不知道原來男生的聲音可以這麼勾人意志。

那種略微低沉又有點溫暖的聲音，加上張又晟的臉龐跟身材，其實他應該是機器人，專門設計用來討好女性的機種。

「睡著了？」張又晟聽我半晌沒回答又問。

「沒有。」

「那要跟我去約會嗎？」

「為什麼要？」我不知不覺地問出這種問題，我很想說好啊好啊我們去吧，但又怕人家只是把我當成姊妹般對待。

「為什麼不要？」

「你……你不是同志嗎？」不知道哪裡來的勇氣，我竟然問出了這句話，坐旁邊的同事聽到這句話轉過頭用奇妙的眼神看著我。

「噗！」

我非常清楚地聽見張又晟把嘴巴裡的茶（或水）噴出來的聲音，可能是因為他的身分被揭穿所以很震驚吧。

「沒關係的，我對同志很友善。」我安慰著張又晟。

「妳……妳這消息哪裡來的？」想不到換他說話結巴。

「你不要管消息來源，我要保護證人，當同志很好，沒什麼不好的。」其實如果不是同志更好，我對那天的晚餐還心存悸動。

「我不是，妳放心吧。」像是從震驚中回復過來，張又晟的聲音又開始變得溫暖而吸引人：「妳很擔心這件事嗎？」

「嗯，我很擔心。」在張又晟面前好像總是藏不住話，心裡有什麼就通通說出來。

「別擔心，我不是。我喜歡面貌姣好，身材魔鬼的女生。」

「喔。」那也不會是我了，唉。我低頭望向自己的小朋友身材。

人跟人之間的相遇真的很妙，原本以為會是可靜的桃花，卻意外碰上張又晟。

「下班在哪裡碰面？」

「我身材不好啊。」為什麼我最近說話這麼誠實，難道是吃了誠實豆沙包？心裡想什麼就通通都說出來？

「沒關係，多努力就可以變好了。」

講著講著不知道為什麼跟張又晟約了下班後在信義威秀見。

心裡的疑問太多，於是又撥電話給可靜，一股腦地把問題丟給她。

「我覺得他應該不是同志好朋友。」講完之後我做出結論。

「笨蛋啊，他對妳有特別的企圖，快把握張又晟，時光一去不復返，機會稍縱即逝……」可靜開心到亂引用各式諺語。

「我跟妳說，其實稍早謝峻凱也有打電話約我出去。」覺得朋友間還是應該誠實，更何況這個謝峻凱意圖不明，態度又謙卑得離譜，讓人感覺很不自在。

「謝峻凱約妳？」可靜聲音聽起來沒有什麼驚訝的感覺：「他約妳做什麼？」

「可能是要約我出去，問關於妳的事吧。比如妳的嗜好、妳喜歡的類型、妳想要的戀情模式。」我又把心裡的疑問通通說出來：「但是我很不喜歡他問話的感覺啊，好像回到寫八股文的時代。」

「這個問題我也有遇到，只是沒跟妳講，他寫 e-mail 給我的時候，我還以為收到『古文觀止』，想了一陣子才弄清楚什麼意思，連用 Line 的口氣也小心翼翼的。」

「但話說回來，他不約妳，來約我，讓我感覺怪怪的。」

「妳可以跟他出去試試看啊，這樣就知道他要做什麼。」

「我才不要，他如果從頭到尾都這樣說話，我應該會像以前大學上課那樣睡著吧。」

「謝謝您的來電，我會盡快為您服務。」可靜又突然用甜美的聲音講了一串之後掛掉，顯然是老闆又出現，她老闆真的很愛到處巡視。

下午工作忙碌到讓人忘記時間，終於到一個段落可以休息喘口氣時，發現竟然已經快六點了，早就過了應該下班的時間。

還好跟張又晟約七點，不然這下子又得遲到給人壞印象。

不喜歡遲到，因為知道等待的滋味有多麼難熬，遲到十分鐘在遲到的人眼裡或許只是短短的時間，但在等待的人心裡卻是漫長的，如果他提早了十分鐘到達，那麼等待的時間就是二十分鐘，這種等待的焦慮我是清楚的。

不論是約會的等待，或是等待一句承諾等待一個微笑，這些等待都是煎熬，別人從來不會知道這種心情，總是偷偷地期待著，盼望些許溫柔相待，卻總是無法如願。

所以以後不要再等待。

不懷著期待的心去等待，這樣或許就不會覺得應該要得到什麼。

在下班擁擠的人潮中，經過身邊的人有時候都覺得看似有些面熟，雖然是日復一日地在往來的交通工具上擦身而過，沒有相識的契機，就算是這樣每天每天地見面，怎麼也無法說上一句話。

那是緣分吧我想。

在這樣的時刻遇見張又晟。

不是太勇敢的人，所以對踏出去的每一步都謹慎，雖然張又晟的長相跟身材都讓人看見之後無法不吞口水，但這樣的男人身邊不可能只有一個女人，所以還是不要太自以為是比較好。

快到達約定地點時，大老遠地就看見張又晟鶴立雞群地站在約定地點的路樹旁。

看見他之後，我沒有快步走過去，而是停在原地，看著他等待的身影。

他站在那個人來人往的路口等著，不特別焦急，也不特別悠閒，他沒有找地方靠著，修長的手指此刻插在口袋中，襯衫沒有領帶的束縛，鬆開領口第一顆鈕釦，髮絲略顯凌亂，來往的女性有幾個會回頭看一下他，但他沒有四處張望，只是仰望著逼近夜晚的黑藍色天空。

這樣的身影突然讓我有些感動，原來有人在等待我的感覺是這樣的。

也告訴我原來等待可以這麼輕鬆優雅。

不知不覺看傻了眼，直到有人不小心撞到佇立在人行道上的我，才猛然醒覺過來。

重新舉步往張又晟的方向前進，發現有兩個打扮得很漂亮的女生靠近他，比手劃腳地好似在說什麼，張又晟低下頭仔細聽她們說話，原來他不笑也不說話的樣子是這樣的，感覺比平常更沉穩一些，想到這裡又突然問自己：在我眼中的張又晟是什麼樣子的呢？

應該是聰明得有些狡猾的那類型，但他又難得的細心，好像沒什麼缺點，硬是要說的話，可能會讓女朋友覺得安全感不夠吧，如果不是特別美麗大方的類型，對自己應該會自信心不足。

那兩個女生穿著打扮比可靜還要更華麗些，連站在遠處的我都可以看見她們的眼妝，迷你裙下修長的雙腿，足蹬三吋高的細跟高跟鞋。

好厲害，從成年以來幾度想嘗試高跟鞋的我，沒有一次不在人前摔個大跟斗，幾次之後學乖了，接受「有些事情自己就是做不好」的信念，反正穿平底鞋也可以活得很好，只是看起來比較沒那麼修長。

低下頭的張又晟，讓人覺得怦然心動的好看。

張又晟聽完她們說話，抬起頭來，眼神正好對著我的方向，我聽見自己心跳突然快了起來。

他看見我了！

在這麼狹窄的視線與熙熙攘攘的人群中，他看見我。

接著對那兩位女生不知道說了什麼，就往我這方向走過來。

堅定而迅速地移動著的他，讓我飛快地陷落。

原來，一見鍾情是這樣發生的，只是瞬間閃過的感覺，卻強烈到深深刻畫在心裡。

他向我走來，到面前之後他微笑：「怎麼沒表情，難道是因為我太帥所以看傻了嗎？」

「厚臉皮。」我掙扎了許久之後說出這句話，其實心裡是想誠實地回答：『嗯。』

「沒啊，我臉皮很薄，不信妳捏捏看。」張又晟拉起我的手往自己臉上貼，接著我的臉又開始燒起來。

這動作，不會太犯規嗎？

應該要規定長得好看的人不可以隨便拉女生的手碰自己的臉，這樣會讓人突然間不能呼吸。

幾秒鐘後，張又晟拉著我雙手，靠近問：「厚嗎？」

「還滿厚的。」我避開他的眼神，略帶緊張地回答。

「妳是不是觸覺神經有問題？」張又晟挑眉帶著笑意看我，我立刻又把眼神避開。

不知道他是不是已經看出我的不知所措，對於這些較為積極的相處方式，我是覺得有些不自在的，特別是剛剛自己才明確地體會到「我喜歡上他」這樣的事實。

長久以來我都覺得「一見鍾情是不可能發生的事情」，正如同「相親無法看見對方的真面目」一樣，是千古不變的真理。

但今天我的心背叛了自己信以為真的道理。

難道是因為我太久沒談戀愛了？也不是啊，雖然不多，但斷斷續續也有幾段不算太差的相遇，難道是年紀的關係讓我開始產生輕熟女的飢餓感（對什麼飢餓啊我）？

還是錯在張又晟長得太好看？

我想應該是這樣，沒錯，一定是這樣，不然怎麼會隨便就讓人心跳加速呢？還是那天吃下的飯菜裡有下蠱？一種會讓人愛上對方的蠱？

「在想什麼？」前往電影院的路上，張又晟看著不說話的我這麼問。

「想……」想因為對方長得帥而一見鍾情的這件事情是不是很蠢，心裡這麼想，但嘴巴上還是無奈地回答：「想可靜今天跟我說謝峻凱的事。」

「怎麼?老謝約她出去？」張又晟滿不在乎地問著。

「沒，謝峻凱沒約她。」

「浪費了那麼優秀的女生啊。」

「你也覺得可靜好？」

「很不錯啊，身材好、長得漂亮、講話條理分明、聰明、會打扮……」張又晟扳起手指邊說邊算：「優點超過一隻手！」

「超過一隻手是什麼樣的算法？」

「我的算法，通常女生優點沒有超過一隻手，我很難心動。」

那我哩?這問題才剛到嘴邊我就立刻咬住自己的舌頭，差點就問出口。

「基於公平原則，我問你，你自己的優點有超過一隻手嗎？」我把手伸到他面前這麼問他。

沒想到他握住我伸出來的手：「我嗎？我的手只要能握住對方的手就夠了，哪需要什麼其他優點呢。更何況我的優點怎麼能用手指這麼少的數量單位計算，要用頭髮這種數量來計算才可以。」

雖然不是第一次跟他牽手，但這次他密實地緊握住我的手，從他手掌傳過來的溫度灼熱得不像人體應該有的高溫，這瞬間我突然恐慌起來。

我嚇得抽開手，張又晟則是疑惑地看著我：「妳怎麼了？」

「我覺得……有時候我有點怕你。」小心翼翼地這麼說，我真正害怕的是這種突如其來的喜歡，最終可能要面臨被拒絕的喜歡。

就像明知道根本跑不完這場馬拉松卻硬要跟著大家出發，被猛然擊倒後才想起，似乎不應該參加不是自己量級的比賽。

思緒總是不自覺地偏離開來，以前被男友說過他不知道我在想什麼，覺得壓力很大。

為什麼談戀愛總是想知道對方在想什麼呢？知道自己想什麼不就好了嗎？堅

定地去相信對方、相信彼此的感情不是很好嗎？為什麼要因為猜不中對方的心思就覺得對方沒有用心？

「怕我？為什麼？」張又晟依舊嘻嘻哈哈的，看不出來有什麼異常。「難道是怕我對妳不軌嗎？」

奇怪，剛剛跟那兩個女孩講話時的表情跟穩重感哪裡去了？怎麼一見面就變成這德行？我狐疑地看著他，沒有回話。

「說到吃，我真的很餓，先去吃飯好不好？」張又晟又牽著我的手往前走，奇怪這人很愛牽手嗎？

只是這樣被他牽著在人群中行進，穿過下班洶湧的人潮，我的時間彷彿慢了下來，跟交錯的人群相比，自己的動作也變成慢動作那樣的電影畫面。

或許他看出我的不安，也或許他只是習慣性地體貼，但他沒有繼續說話，只是安靜地牽著我往前走。

因為等下要看電影，所以打算隨便吃點東西才不會錯過電影。

看著價目表上令人咋舌的金額，我無奈地不斷找最便宜的食物，果然在信義區生活很不容易。

「想吃什麼？」

「好貴啊。」我忍不住感嘆，想起那天的熱炒，便宜又大碗，在這邊吃碗拉麵去熱炒都可以點兩盤菜了。「還是熱炒好。」

「那看完電影帶妳去吃。」

「問句？」我聽不出他語尾有上揚。

「肯定句。」張又晟拉著我到速食店點套餐。「先委屈點吃個漢堡。」

不知道是不是真的餓了，連速食吃起來也比平常好吃，我們用很快的速度把食物都解決之後，拿著電影票直奔放映廳。

還好今天不是假日，人群三三兩兩的，我們照著號碼坐下，發現附近都是情侶。這讓我有點尷尬，因為面前就有對情侶抱著大無畏的精神，不在意世俗的眼光，正在上映著媲美三級片的劇情。

兩人陶醉地閉著眼睛，正在進行所謂的「熱吻」，在電影院不算明亮的燈光下，時不時還可以看見舌頭，男生的手則不斷在女方的胸前游移。

我到底是來到哪裡？

前面的尺度太寬了，害我覺得講話會打斷人家的高昂興致，不講話又不斷聽見他們粗喘的呼吸聲讓我覺得很不舒服。

「看得入迷了嗎？」張又晟突然挨近我身邊用氣音說話，溫熱的呼吸就在耳邊：「在想什麼？」

聽到這句話我一把推開張又晟：「為什麼這樣說話？」

「怎麼了？」他不明所以的看著我。

知道自己反應過度，或許他沒有惡意，但我對他的感覺已經不是單純的朋友，所以這樣的動作反而讓我覺得困窘，他到底是看出了什麼所以奚落我，還是真的只是開玩笑呢？

「抱歉，讓妳覺得不舒服，我是開玩笑的，對不起。」張又晟見我沒說話，自己接著往下說：「我其實不太會跟女生相處。」

我斜瞪了他一眼：「怎麼可能？」

「真的，我發誓。」他舉起手來貼著臉，一副楚楚可憐的樣子：「雖然我長得帥，個性又好，但是因為真的不太會跟女生相處，所以一直都沒有女朋友。」

「這也是騙人的吧。」

「真的，妳要相信我。」張又晟用小狗般的無辜眼神看著我。

「我也要說對不起，剛剛反應太大，其實我不是很習慣這種玩笑。」

「那妳習慣哪種玩笑？」張又晟立刻恢復嘻嘻哈哈的態度，讓我又覺得剛剛他是在演戲。

他問完這問題之後，燈光突然間暗下來。

「噓，電影要開始了，不要說話。」

這時候我才發現，本來因為前座情侶的親密行為而覺得不自在的我，不知道應該把目光轉向哪裡的時候，張又晟跟我開的玩笑讓我免於繼續尷尬的場面。

所以他到底是真的知道還是只是開了個不好的玩笑？

對於他這個人我開始有點摸不著頭緒。

開演後沒多久，不知道是因為電影很悶還是因為太過疲倦，我竟然頭一歪就睡、著、了！

醒過來的時候，電影還在演，但劇情我已經無法銜接，更可怕的是我發現自己靠在張又晟的肩膀上！

我嚇得不敢動。

但過了幾秒我聽見耳邊有打呼聲，這才輕輕地抬起頭，發現張又晟也緊閉著眼，打呼聲就是從他身上傳來的。

我私心希望他比我早睡著，這樣就不會知道我靠在他肩膀上。

電影毫無重點地結束了，燈光大亮，我推著張又晟的手臂：「醒醒！」

張又晟大夢初醒般張開眼：「什麼？演完了？！」

「嗯。」

「好浪費錢，我竟然睡著了！」張又晟感嘆完之後轉頭用亮晶晶的眼神看我：「電影好看嗎？」

「呃……還好，我覺得還好。」有點心虛地回答。

「演些什麼？」其他人開始離場，張又晟和我也跟著站起身。

「就……」我支支吾吾：「我其實看不太懂。」

「好吧，那代表這不是好電影。」張又晟立刻又笑容滿面地拉起我的手：「走吧我們去吃熱炒。」

他拉著我的手，好像已經變成種習慣。

這個溫度，開始慢慢地溫暖我因為電影院裡溫度很低而變得冰冷的手掌。而我在意的其實不是牽手這件事，是我其實開始慢慢在意張又晟牽著我手時心裡的想法，當我開始想這些看起來不起眼的細節時，代表自己可能已經開始偏離朋友的安全範圍進入了危險地帶。

可能會開始受傷的危險區域。

03

吃完飯跟張又晟慢慢地散步。

晚上的涼風徐徐吹著，靠近深夜時分，車潮跟人潮都變得比較少，讓身在台北的人也有機會享受稍微放鬆的悠閒。

常常覺得身在台北很兩極，擁有便利的交通系統，各種消費型態一應俱全，要什麼有什麼，不過在這麼熱鬧繁華的地方，很難感受到悠閒。

「想什麼？」張又晟問我。

「沒想什麼。」我搖搖頭：「這時候什麼都不想，才適合放鬆。」

「也是。」

於是我們一路走著，沒有繼續交談，卻好像有什麼氣流緩緩地在我和他之間流動，空氣裡有他的味道，回想起稍早在電影院裡坐在他身邊，在黑暗中全然放鬆地靠著他，汲取那些溫暖，沒有交談的時候，也覺得自己跟他正在互相交換些什麼。

跟張又晟道別後回到家，突然想到他說跟他交往的人優點數目得超過一隻手的事情，總覺得心裡有些什麼悶著，於是拿出紙筆默默地寫下自己的評語：「身材：中等、長相：中等、聰明：尚可、打扮不用比較也知道可靜一定比我好，講話：條理分明但只限於工作時，處理私人感情時則是毫無條理可言，其他優點：善良、喜歡做家事、愛種花、對小動物有耐心、體力好（體力好是種優點嗎？）」

寫著寫著，咬著筆靠在椅背上嘆氣，心裡說不出的低落，本來可以不去在意這些事情，但張又晟提起，就免不了要放進心裡，常常覺得自己就是這樣太愛往死胡同裡鑽才容易弄得自己老是不開心。

不是愛跟人比較，但總覺得自己沒有什麼太明顯的長處容易讓人愛上我。

男人是用什麼樣的眼光在看女人？男人用什麼樣的觀點去評估女人？

如果眼前有十個男生，叫他們寫出可靜的優點，前兩個必定都是漂亮、身材好。

我呢？可能會是先咳嗽兩聲、思考十秒之後客氣有禮地回答：「看起來聰明、心地善良。」

當人的外在條件無法立刻讓男人覺得漂亮時，他們會轉向內在的優點，例如：看起來溫柔、善良、聰明，更誇張的是我被說過看起來很節儉，節儉是怎麼從第一印象看出來的？難道是因為穿著打扮嗎？

每個人都有自己的優點，我從未認為自己一無是處，但也確實明瞭自己跟「美麗」兩個字沒有太大的關連，更沒有使人眼睛一亮那種前凸後翹的魔鬼身材，唯一擁有的或許是傻氣跟執著吧。

認定了一個人之後就死心塌地的執著。

可靜常說這不是優點，是致命的缺點。

但我總覺得在愛情裡要看得見對方的優點，兩個人才能相處得愉快。

心煩意亂之際隨手按開筆記型電腦的電源，最近也晉身變成「網路中毒」的一員，每天回家之後不上網看一下Facebook和各式購物網頁總是讓人有種工作沒做完的感覺，心裡很空虛。

雖然只有少少的二十幾個朋友，但彼此之間藉由網路知曉對方今天過得怎麼樣，也是種另類的交流，知道對方今天過得悲慘，安慰他一下，如果對方今天過得很棒，沾染快樂的情緒也可以讓自己變得開心點。

因為都是很知心的朋友，所以說出心裡的話對我來說沒有負擔，總是輕鬆自然地交代自己的心情，失戀難過的時候也胡亂地寫著發洩的話，大家也幫著罵對方。

藉由這樣的方法來彼此交談，或許在某個層面來說，讓我覺得自己被關心著。

張又晟的事情我從來沒有在網路上提過，不知道為什麼還是有點害怕，張又晟有些太過耀眼，讓人覺得他不可能只是自己一個人。

網頁打開之後，發現很難得的竟然有新朋友邀請，一按進去，張又晟的照片在眼前大大地顯示出來。

本想立刻加入，但滑鼠游標在回答時定住不動，突然想起自己沒有加過任何一任男友，這是我的小天地，我很少告訴人家自己有帳號，總是害怕暴露自己的心情。

現在也是，不知道按下去是好還是壞，害怕自己在言談之間洩漏出什麼，讓張又晟感覺到我的不安跟喜歡。

雖然現在感覺兩個人之間連友情都還是模模糊糊的，但覺得這樣自然的相處是件好事，我不想破壞這樣的平衡感，萬一他知道我喜歡他，會不會抽身退出呢？會不會不能再這樣自自然然地相處呢？

喜歡跟不安常同時存在，因為喜歡對方而覺得心裡有負擔，因為害怕對方拒絕自己而變得退縮不前，我怕加入了張又晟後，就不能盡情地在網路上發表心情。

暫時先不回答吧。

當隻縮頭烏龜，假裝不知道這個邀請。

需要自己的空間，需要小小的地方讓自己放鬆，雖然為了愛情我總是堅定而笨拙地付出著，但我習慣性保留一小塊地方完全留給自己。

好像只有在網路上，才能大聲說出自己的心聲給朋友聽。

設定總是只有朋友能瀏覽，這樣才能覺得安心，可靜也瞭解我的習性，不會隨便告訴別人這個帳號是我。

不過今天張又晟會發現我，應該是可靜告的密。

「妳跟張又晟說我的帳號嗎？」打了訊息給可靜。

等了一下發現她沒有回應之後把對話框關掉，看著朋友們今天的生活，認真地想要關心朋友，卻在回過幾句話之後，發現自己言不及義，心裡懸著的，竟還是張又晟的交友邀請。

我真的喜歡他。

但到底為什麼呢？這種沒來由的喜歡是真實存在的嗎？就算到了現在看見他會覺得臉紅心跳的同時我仍不斷地懷疑喜歡這情緒是真的抑或只是種虛幻的感覺？

為什麼呢？摒除那些胡思亂想的情緒，好好地思考一下理由。

首先，不可諱言的是張又晟很好看，很舒服的打扮，清清爽爽地，乾淨，帥氣。

再來是我忘不掉他拿著巧克力奔跑過來的神情，感覺真的像是為了我而擔心。

還有那天吃飯時，竟然記住我在餐廳裡沒有動過的食物，避開了那些菜餚去點菜。

雖然不知道是不是真的有記住，但如果只是照著自己的喜好點菜，也未免太準確了些。

我喜歡他側臉剛毅的線條，還有遠遠看著他的時候，他專注而穩定的神態。

怎麼越想發現越多喜歡他的地方？

「對啊，我給他的。」FB上跳出可靜的回覆。

「為什麼？」

「他找我問啊，我想說幫妳製造一下機會，難得他感覺很積極。」

「妳有加入他？」

「嗯，之前謝峻凱……電話聊啦，我不喜歡打字。」

「好。」

於是我拿起電話撥了可靜家裡的號碼。

一撥通可靜就接起來：「就那時候謝峻凱推薦的，我也不知道為什麼要推薦朋友給我，反正加入也是多個朋友，何況他長得不錯，怎麼，妳跟他怎麼了嗎？」

「今天去吃飯……」把今天跟張又晟出去的經過一五一十地交代，不過忽略了自己發現喜歡他的那部分。

我還不是很確定自己的感覺。

也有點害怕對可靜說出來之後，就不再是秘密。

這種喜歡的秘密，還是先留在自己的心裡感覺比較安全。

「很好啊。」可靜聽完之後很開心：「希望妳跟他真的有機會。」

「暫時不要想太多吧。」對這樣的說法還是有些遲疑，自己處在混亂的狀況中，連我自己都不清楚自己的心意，說到機會也想太遠了些。

「妳對他印象怎麼樣？」

「還……還不錯啊。」突然有點心虛。

「那就好，我個人也覺得他的條件很不錯，不過現階段還是要多觀察一下，我們都這個年紀了交朋友不能隨便，已經不是以前可以隨便玩玩的年紀，什麼事情都不可以一頭栽下去。」可靜耳提面命地交代：「妳從以前就傻傻的，都不知道多考慮，常常發現對方不適合自己，卻還是硬守著那份堅持，不知道在想什麼。張又晟雖然現在看起來還不錯，不過妳還是要多花些時間觀察他，知道嗎？」

「是。」有時候都不知道到底是我年紀比可靜大，還是可靜比我大，怎麼教訓起人來她比我還厲害的感覺。

電話掛掉之後，又開始一個人楞楞地發著呆。

腦海裡依然有很多今天相處的畫面像電影反覆播放著，每一幕都有張又晟的身影。

想著想著，看著螢幕的我就突然按下「確認」，將張又晟加為自己的好友，加入之後，我忍不住看著他的過往照片及他的近況報告，發現資訊很少，照片也只有幾張而已，看來他不是習慣用網路記錄生活點滴的人。

但倒是知道了原來張又晟比我小一歲。

他有兩本相簿，其中一本是大頭貼，另外一本沒有名字。

在沒有名字的那本相簿裡，我看見了他唯一一張跟女生合照的相片。

照片中的張又晟笑容是有點陌生的燦爛，而那個女生漂亮又讓人覺得很溫柔，張又晟的手搭在那女生的肩膀上，卻沒有一丁點不和諧的感覺。

我以為看見這照片自己會錯愕、會難過，心臟會抽痛什麼的，但卻什麼也沒有發生。

彷彿事情就該是這樣，這照片意外地沒有讓我太驚訝，這種條件的男生不可能沒有女朋友。

看看日期，這是三年前的照片，難怪他的感覺跟現在不太一樣。

電腦畫面停在張又晟跟女友的合照很久，我不斷看著這張照片，他們的笑容燦爛得彷彿可以融化冬天的冰雪。

我退縮了。

突然驚覺到自己或許不應該喜歡上他，也不可能會有什麼回應。

或許應該把這些情緒都藏在心裡，好好地跟張又晟當朋友。

但為什麼只有這張合照呢？

如果還在一起，應該會有更多照片吧？

我有好多問題，紛亂的思緒全都糾纏成一個解不開的結。

此時，FB的對話又跳出來：「沒睡？」

看了一下名字，是張又晟。

「嗯，在看你的照片。」我不知道為什麼心急起來，就是想要知道他的事情。

因為喜歡而衝動的自己對我來說有些陌生，已經很久沒有這樣的情緒，但我真的沒辦法假裝自己不在意。

「看我帥氣的照片嗎？難怪這麼晚還不睡，想必是愛上我了吧。」

看見這句話我突然心跳停住一秒，他知道了嗎？

他會不會已經猜到我的想法？還是他只是在開玩笑？

跟他相處時間雖然不長，但知道他平常說話就這個調調，開玩笑似的口氣，剛開始會覺得好像很幼稚，但觀察他的行為其實跟說話有很大差異，可以說我是先感受到他的細膩，才發現他講話老是像長不大的孩子般，在口頭上跟人較量。

「亂說，照片那麼少，一分鐘不到就可以全部看完了呀。」

「好吧，為了妳我只好多放些我帥氣的照片到網路上，這樣我不在妳身邊的時候，妳就可以看照片以解妳的相思之苦。」

「亂說些什麼啊你？」

「那妳為什麼不睡覺？」

「才十點多耶。」

「女生早睡覺身體才會好。」

「你又知道了？」

「我是個細心體貼，又長得帥的好男人。」

「知道啦。」

「心動了嗎？」

雖然知道張又晟是開玩笑的，但還是忍不住臉紅，幸好用電腦聊天他看不見我的臉。

距離是用來掩飾情緒的好工具。

人跟人之間只要隔得越遠就越不容易發現對方的缺點，距離營造了朦朧的美感，我們在這樣的距離中無從得知對方的生活跟缺點，自然以為表現出來的都是好的一面。

網路也是，透過網路的對談，無從得知對方在漂亮的文字底下所隱含的真心，到底是真是假？在網路上連欺騙都可以包裝得很真心。

所以現在我可以在電腦前慶幸自己的表情張又晟看不見，儘管我臉上寫著「喜歡」卻還可以堂而皇之地打出：「你想得美。」這樣的字眼。

「愛上我是很簡單的事情，不用太害怕承認。」

「白癡。」

跟他相處之所以能很自然，就是因為我真的可以很自然地面對他，甚至連面對他有女友這件事我都可以很淡然，就讓秘密成為秘密，誰都不要知道。

可靜說過當朋友比當情侶長久，也不容易受傷，或許就是這樣的道理。

「明天晚上去約會？」

「約會？」

「到時候說囉，明天打給妳。」

「好。」

「早點睡，不要再看我的相片想我，我耳朵好癢。」

「白癡。」

互相道晚安後，張又晟離線，我則是繼續停在他的相簿裡，想著過去他是怎麼樣的人。

人跟人在相遇之前都是獨立的個體，但如果產生緣分，自然會走到一起，之後會變成怎麼樣是完全不能預測的，沒有準確的公式可以推斷，沒有一加一等於二的道理。

更可怕的是，等兩個人緣分已盡決定分開之後，也不是二減一等於一這種簡單的數學問題，無法回到朋友的位置，完全的不可逆反應，怎麼樣都只能當徹底的陌生人，有時候還會彼此憎恨，更甚的還有彼此毀滅。

多麼令人難以推敲的愛情。

畫面上又跳出一個新的朋友邀請，是謝峻凱。

拒絕。

如果是這個人，馬上就可以當機立斷地假裝不知道有這件事，滑鼠一按選擇忽略，不知道為什麼這人雖然說話很客氣有禮卻讓我打從心裡覺得不好相處。

跟可靜相親的男人裡竟然也有這種怪傢伙，可靜也不知道在過濾什麼，明天終於可以換我唸唸她，怎麼放那樣一個人過了重重關卡。

胡亂瀏覽完朋友的訊息，發現真的累了，關上電腦跟燈，躺在床上準備睡覺時，腦海裡突然出現張又晟的臉對我說晚安。

「晚安。」我傻傻地對著空氣微笑。

感覺窗外的夜色突然間都變得有氣氛。

□

隔天上班忙到連午飯都是邊開會邊吃，等到有空可以拿起手機來的時候，都已經快要下班了。

一看，果然沒錯，張又晟的未接來電。

急急忙忙回撥，自己都覺得自己像初次戀愛的毛小孩般急躁。

「終於打來了？」張又晟一接電話，帶笑的口氣讓我瞬間覺得今天工作的忙碌全都成了過眼雲煙。

「現在才忙完。」我坐在自己的椅子上，靠著椅背，人也突然間放鬆了。

「等下六點一樣老地方見？」

「好。」

「晚點見。」

掛下電話，連我都不知道自己在微笑，是隔壁同事突然間問我：「男朋友打來的喔？笑得那麼開心。」

我才發現自己竟然默默地笑著發呆。

真傻氣啊。我忍不住唸自己。

下班後到達約定地點前，依照慣例站在遠處偷看已經先到的張又晟。

我好喜歡他低著頭沉思的表情，比起兩個人靠近時他戴上開朗又快樂的面具，我比較喜歡這時候看起來有點內斂的他。

人都有自己脆弱的一面，有些人隱藏得很好，有些人卻無法不顯露出來。

我不知道哪一面才是張又晟真實的模樣，但他表現出來的這一切卻讓我無法不喜歡他。

越是靠近他，就讓我越是覺得自己好像越來越在意。

不過昨晚看過的照片還印在腦海裡，那個女生，現在在哪裡呢？還在他的身邊嗎？如果還在他的身邊，他為什麼要約我吃飯呢？

應該已經分手了吧？是過去式了吧？我不斷地告訴自己答案肯定是如此，唯有如此才能讓我不再猶豫。

甩甩頭，不讓其他的問題繼續圍繞，我往張又晟站立之處，舉步向前。

但心裡又不免有雜音說著：偷取一些小小的快樂並不是罪惡，萬一那個女生真的是女友，也讓我偷偷地在暗處喜歡他吧，只要不讓張又晟知道我的心意，就不會有事。

不要讓他知道我喜歡他，就讓秘密留在心裡，留在最安全的地方。

「等很久了？」從他身後默默地接近，想嚇他一跳。

他聽到我的聲音之後，回頭滿臉帶笑地說：「老早就看見妳了，躲在馬路對面以為我沒看見嗎？」

「耶？」我嚇得沒辦法立刻回話。

「妳下車的時候我就看到妳了，後來妳偷偷摸摸站在對面不知道在看什麼，難道又是因為我太帥了讓妳不得不站遠點看嗎？」

「我……」腦筋一轉，我立刻不甘示弱地回答：「是想試試看你的風度好不好，人家說讓男生等自己，可以看出男生的風度，如果你在等待的時候生氣地碎碎唸，就不是好對象啊。」

「所以妳在考慮把我當對象嗎？」張又晟對我挑起眉毛。

「才沒有哩！」我趕緊否認，順便責怪自己沒事為什麼說這番話，挖洞給自己跳。

傅利嘉妳是個大笨蛋啊大笨蛋！

「不要不好意思，我瞭解自己的魅力，沒辦法的。」張又晟摸摸我的頭：「妳就大方地承認吧。」

「我又不是狗，不要這樣摸我頭啦！」我撥開他的手。

「今天約會要去哪裡呢？」張又晟非常自然地又牽起我的手，像是怕在人群之中走散。

為了掩飾自己的心虛，我趕緊隨便找個話題：「對了，謝峻凱有跟你提過可靜的事情嗎？」

「沒耶，他不太跟我提這些。」

「那男生都聊什麼？」

「上班時哪有什麼時間聊天，大家都忙自己的事情。」

「你不是謝峻凱的朋友嗎？」

「是啊，但大家吃飯時大概都講今天股市怎麼樣，最近出了新 iPad 想買來試試看之類的話題，很少會聊女人。」

「男生吃飯話題好無聊。」我皺眉頭。

「那女生吃飯都聊什麼？」

「嗯……」平常跟可靜吃飯的時候都說什麼呢？我邊回想邊說：「聊逛街、買東西、保養品、八卦新聞、相親烏龍事件、對老闆跟同事的抱怨……」

「女生的好像比較好玩，下次我可以跟妳們一起吃飯嗎？」張又晟笑嘻嘻地問。

「才不要。」跟張又晟相處的時候，發現自己好像總是變回小孩般愛跟人作對。

「小氣鬼。」

「對啊我就是小氣鬼，怎麼樣？」我對張又晟吐舌頭。

「不怎麼樣。」張又晟也對我吐舌頭扮鬼臉。

後來我們坐車上陽明山欣賞夜景，一路上空氣越來越好，住在台北，連呼吸清淨的空氣都是種奢侈的享受，搭著車一路搖搖晃晃上山的時候突然想起FB的事，於是對張又晟說：「對了謝峻凱本來要加我FB，我沒加，你遇見他幫我跟他說我FB很少用，所以沒加他，很抱歉。」

「說謊，明明天天都用啊。」張又晟用邪惡的眼神看著我：「那妳加我是因為覬覦我的美色嗎？」

到底為什麼我在張又晟面前智商完全降低呢？對啊我明明才剛剛加入張又晟，卻在他面前說我很少用、不常加人，這不就拐著彎說我對張又晟另眼相看嗎？

我到底為什麼挖了一個又一個的洞給自己跳呢？

傅利嘉！妳振作！妳用腦子想想！

「好吧。」我嘆了口氣。「其實我還滿不習慣謝先生那種說話方式，講話好像都要想一下以前讀的古文才能跟他這樣客氣地對話。」

「妳哪裡有什麼機會跟他講話，不就那天吃飯而已？」

「後來他還有打電話給我，寫 e-mail 給我，講話都一個樣子，我實在無福消受，不過你聽聽就好，可不要跑去跟他說這些，我會像不可能的任務裡面一樣，不承認跟你的對話喔。」

「他打電話給妳？什麼時候的事情？找妳做什麼？」

「就吃完法國料理過幾天，然後之後還有打，都是要找我出去吃飯。」

「妳跟他去吃飯了嗎？」

我搖搖頭：「我有點怕，不知道跟他要怎麼對話。」

「我知道，妳當然是跟我比較有話講。」張又晟假裝害羞地別過臉。

「你這笨蛋。」

「妳下次可以跟他出去聊聊天，看他要說什麼，搞不好他跟妳吃飯時會聊妳喜歡的話題。」張又晟狀似不經意地這麼說，好像沒事人一樣繼續吃飯。

聽完這些話，我心裡突然有點刺痛。

「妳下次可以跟他出去聊聊天。」我只聽見了這句，卻開始覺得有些難過，難道我在張又晟眼裡沒有任何意義嗎？原來我們出來吃飯，他牽著我的手一起走這些事情不代表什麼嗎？

「嗯……」我默默地轉頭看窗外。

我應該只是張又晟的朋友吧。

只是普通到不能再普通的朋友吧，所以他聽見這種消息一點點反應也沒有還鼓勵我跟其他男生出去吃飯聊天。

那為什麼牽我的手呢？

不想了，不多想，至少他牽著我手的時候，我還可以自私地作個夢。

不可以讓張又晟發現我喜歡他。

我暗地裡下了決心，要保護好自己的秘密。

只是心裡突然有種酸楚的情緒，悄悄地瀰漫著。

04

中午休息時間，走在熙來攘往的街道上，看著一群一群的人從身邊經過，突然間我停下腳步專注地看著某件事幾分鐘。

這幾分鐘內，只有我，是獨自一人站在這街頭。

難道中午也沒有獨自一人用餐的上班族嗎？

不知道是不是我多心，但我自己感受到台北這城市對於單身的人來說並不友善。

在捷運上、公車上，大家彼此交會，卻冷漠地轉開視線，冷漠地彼此錯身，是非常常見的典型台北模式。

但最明顯的是當我一個人去餐廳吃晚飯時。

有時候可靜比較忙，下班後我會一個人去吃飯，如果不是去小店而是去餐廳的話，接待的人都會用很奇異的眼光看著我：「請問朋友等下會來嗎？」

「沒有，我一個人。」

「一位嗎？」服務生會狐疑地這麼問。

「是的。」

然後他會帶我到兩人桌，當著我面收去另外一份餐具跟水杯，好像暗示我不應該單獨前來，在他收走之後，附近的顧客會開始有意無意地往我這邊看過來，臉上有疑問：「一個人來這裡吃飯？」

餐廳裡的分佈：兩人桌情侶、四人桌女生聚會、六人桌家庭聚會、更大桌的就是公司聚會，很少像我一樣自己霸佔雙人桌。

之前有次心血來潮想去吃燒肉吃到飽，荼毒自己的身材，結果店家對我說：「不好意思一個人用餐會多加收費用唷。」

為什麼呢？

難道在台北，一個人就不能盡情地吃燒肉嗎？

當下我沒有多做爭辯，店家有店家的原則，也不方便要人家通融，只好去普通的小店吃吃烤肉。

單身的人，有什麼罪嗎？

後來我不知道是賭氣還是怎麼的，常常故意一個人去餐廳吃飯，如果接待的服務生對我態度良好，就把這家店列入優良名單中，反之，就放進「拒絕往來」資料夾裡。

但大多數的餐廳都被我放進了拒絕往來資料夾，到底是我太敏感，還是台北確實對單身的人不友善？有點害怕自己在這樣的城市中面對這些不公平的事情而變得憤世嫉俗，面對不公不義的事件而變得有暴力傾向。

前幾天在捷運上，因為正是下班時間人有點多，但也不到擠得不能動彈的地步，有位上班族卻一直站在某個可愛的高中女生身後，距離近到有點不禮貌的地步，後來我發現上班族竟然用公事包擋住自己，把重要部位貼到女生的屁股，我當下走過去一句話也沒說，用力地把上班族往後拉，問他為什麼要對高中女生性騷擾。

高中女生嚇得趕緊跑掉，上班族則是惱羞成怒地叫我不要亂說話，他可以告我。

「我明明看見你貼著她。」

「人太多了，車廂又搖晃，我不是故意的，妳不要亂說話！」上班族音量越來越大，臉色也很難看。

「明明就有空間，不會站遠一點嗎？」其實我心裡有點想繼續罵，可是人家高中生都沒有說什麼了，我也只好不追究。

到站下車後我發現那上班族跟著我，我假裝不知道。

本來以為是巧合，不過我故意繞來繞去，還去洗手間停留了幾分鐘，出來後發現他真的跟著我，於是走出捷運站之後我彎進附近的派出所，跟警員說有人跟蹤我。

警員可能看我渾身發抖，所以非常熱心地過來幫忙。

明確地指出那個上班族後，他在警員要去找他說話之前快步離開，但臨走之際還不忘給了我根手指頭，不太雅觀的那一種。

當下我渾身都在發抖，但那是出自怒氣，並非恐懼。

想起稍早在車上時，我也沒忽略周圍人的眼神，那是種看好戲的眼神，並非關心。

我把這件事告訴張又晟，他聽完之後淡淡地對我說：「下次不要這樣了。」

「為什麼？」

「除非我在妳旁邊，否則不要做這種事，很危險。」

「我又不害怕。」我理直氣壯地說。

「這不是妳害不害怕的問題，而是對方，對方也不害怕的狀態下，有可能會造成妳的傷害，不要拿自己冒險。」

這是我認識張又晟以來，他態度最穩重最嚴肅的談話。

雖然我答應張又晟以後不輕舉妄動，但有時候面對這些冷漠無情的舉動，難道我也什麼都不能做嗎？

「不是不做，而是妳要以自身安全為前提……」

「我只是幫助那位被性騷擾的女生。」

「難道妳不知道社會變了嗎？」這是那天最後張又晟對我說的話，他也有點生氣我為什麼那麼固執吧，我想。

我又何嘗不知道社會變了呢？

所以讓座不是必要的，所以性騷擾是該隱忍的，所以看見不對的事情先明哲保身是正確的。

是這樣嗎？

所以單身變成罪惡，而有錢愛揮霍的男人變成女人趨之若鶩的目標。

這社會的價值觀真的不同了。

有陣子可靜跟個有錢富二代交往，對方很喜歡可靜，對她很體貼很溫柔，讓我也很羨慕可靜，覺得她終於找到很好的對象。

然而，祝福的話才剛說完沒多久，對方就跟可靜提分手，原因是可靜不能接受他有其他的「紅粉知己」。

可靜本人哭完幾天之後就看開了，只有我還為了這種有錢人的毛病在生氣。

知道自己很固執，但又改不掉這固執的想法與毛病，其實說真的，有個有錢又體貼的男友真的很好，但如果對方表明除了愛妳還是會愛別人呢？

能接受或不能接受都是自己的選擇，有人可以接受，因為對方還是很愛自己，只是也還愛其他人，沒關係啊。

但我就是死板板地想著愛情不是應該從一而終嗎？談戀愛的時候只有一個對象，真的分手，結束之後繼續找下一個，這不是很簡單嗎？

為什麼要同時有很多個，然後再來欺騙這個欺騙那個呢？很多人都瞭解說謊不好，很多人都知道說了一個謊，必然要用更多的謊來圓這個謊，但說謊的人永遠都學不到教訓。

好吧我就是個老派又固執的女人，所以常常被說不知變通，唉。

但我偶爾也還是有任性的時候，就像現在。

雖然有點後悔，不過基於賭氣的心態，我今天下午又接到謝峻凱電話時，就順勢答應他的邀約。

雖然他說有些關於可靜的事情想要跟我討論，本來基於我個人的喜好，是絕對會回絕他的，但想到張又晟那句：「妳下次可以跟他出去聊聊天」，我就突然咬牙答應了。

人真的不可以亂賭氣。

雖然不是法國料理，但跟謝峻凱坐在一起吃飯，怎麼都有種說不上來的不自在，很像內衣裡有根頭髮在那裡感覺搔癢卻又不能當著眾人面前拉開衣服把頭髮拿出來那種感覺。

「請問傅小姐想點什麼？」謝峻凱非常客氣有禮地詢問。

「那個……」我還是忍不住了：「我們可以不用這麼客氣嗎？大家都是朋友，你可以直接叫我利嘉，不用再稱呼我傅小姐。」

「好的，傅小姐……不，利……利嘉小姐。」

這傢伙口吃嗎？

等下，沒看錯的話，他現在是在臉紅嗎？臉紅錯對象了吧？

「所以，利……利嘉，妳想吃什麼？」

嗯，謝峻凱有隱疾，是口吃，難怪長得不錯經濟也穩定卻沒有女朋友。

第一次來這家店，眼前有張超大菜單，上面圖文並茂介紹詳盡，一時之間很難讀完，感覺要先學會速讀才可以來這家店看菜單。

突然想到熱炒店的小菜單，簡潔俐落，而且從菜名就準確地可以知道菜是什麼，例如薑絲大腸就是薑絲跟大腸（廢話），還有糖醋排骨就是糖、醋跟排骨，真是簡單明瞭深得我心……好吧還是不要想念熱炒店。

但眼前寫的是「法式普羅旺斯莊園經典香料嫩煎雞腿」光是菜名就這麼長，後面還有介紹：用義大利傳統莊園的作法，配合新鮮栽種、精心調配的各式香草：迷迭香、百里香、薄荷葉、香蜂草、羅勒，加上獨家秘方醃製而成，烹調時使用義大利原產新鮮有機純橄欖，經過百道工序萃取而成的橄欖油煎至表面金黃香脆，一口咬下盡是美味，香草跟雞肉的鮮甜在口中化開來……

就不能老實地寫上「香煎雞排」就好了嗎？非得這樣考驗我的閱讀能力嗎？而且明明寫法式卻都是用義大利的東西，這樣對嗎？

這還只是一道菜而已，整頁佈滿了類似的華麗語彙，看得我頭昏眼花，氣急敗壞。

就不能好好地寫上「牛排、雞排、豬肋排」這類簡單的字眼嗎？！我拿著那張菜單開始生起氣來，如果把這整本菜單都讀完，起碼要一小時吧我想，到底誰可以這樣看完一整本才點菜？！

「那個……利嘉？」

從菜單裡抬起頭，才發現謝峻凱跟服務生都尷尬地看著我，可能因為從來沒看過有人光看菜單就開始臭臉。

「妳想吃點什麼？」謝峻凱清清喉嚨，擠出微笑。

「就……法式普羅旺斯莊園經典香料……」我照著菜單一字不漏地唸著，一口氣還唸不完，得換氣才可以。「嫩煎雞腿。」

「好的。」服務生鬆了一口氣。「為您重複一次餐點，先生點的是美式經典小火炭烤醬燒豬肋排佐紅酒醬汁，小姐點的是法式普羅旺斯莊園經典香料嫩煎雞腿，這樣對嗎？」

我驚訝地看著服務生，他竟然可以不用換氣就把這兩個菜名唸完，而且沒有打結沒有停頓，真是好厲害，應該有受過專業說話訓練？

崇拜地看著服務生離開之後，又回到沉悶的餐桌上。

實在不知道要跟謝峻凱聊什麼，所以我只好一直看著桌上擺著的餐墊上面的華麗新菜單預告，上面這樣寫著：「新菜上桌！鮮嫩香草炸雞塊佐凱撒沙拉：使用新鮮蘿美生菜與義大利香草……」

「利……利嘉小姐。」

「我叫利嘉，不叫利利嘉。」我抬起頭，對謝峻凱微笑。

「嗯，非常抱歉。」

聽見他道歉，我突然又覺得自己很糟糕，如果不願意跟人家出來吃飯就不應該答應，既然出來了又擺臉色給對方看，實在很沒品。

唉，我何苦為了賭氣而變成沒品的人呢？

好吧，我承認自己因為跟張又晟賭一口氣，而使得謝峻凱變成了代罪羔羊。

「你想問可靜的什麼事？」我單刀直入地問，反正他今天約我出來是想要問我可靜的事情，乾脆趕快把事情說完，吃完飯就可以打道回府。

「那個……我想知道妳的興趣。」

「她的興趣是……」等下，謝峻凱問的是誰？「你問誰，問我？還是可靜？」

「沒有啦，我總得知道她朋友的興趣，才能知道她喜歡什麼樣的朋友。」

「喔。」原來如此。「我的興趣是到處去吃、到處去玩，喜歡看書跟睡覺。」

「妳喜歡什麼類型的書？」

「我喔，喜歡小說，推理小說、愛情小說、懸疑小說都喜歡，不喜歡恐怖小說，看了晚上不敢睡覺。」

「電影呢？」

「不是恐怖的都還可以接受，不過不太喜歡那種很悶的，看電影，就喜歡那種散場之後意猶未盡的感覺。」

「改天可以一起看電影啊。」

「好啊。」話說完才驚覺自己說了什麼：「我是說改天可以約可靜啊。」

「當然。」謝峻凱笑了，其實態度變自然後的他感覺就沒那麼討厭了。

這時，服務把菜餚端上桌，左看右看都是一副「香煎雞排」的樣子，只是比夜市的多出擺盤的花椰菜、紅蘿蔔、香草、馬鈴薯泥而已，但夜市的有麵，比較吃得飽。

有點失望地看著面前精美的瓷盤喃喃自語：「沒有飯。」

「怎麼了？」

我自言自語。「沒有飯。」

謝峻凱可能聽見了，他招手叫來服務生：「請給我白飯。」

「白飯？」服務生顯然有點驚訝，但不愧是受過專業訓練的，他隨即露出招牌微笑：「請稍候。」

白飯非常迅速地送到面前，我開心地就著切好的雞腿把飯吃完。

吃完飯喝完紅茶之後，謝峻凱提議要去喝杯咖啡。

「不用不用，我媽在等我回家。」站起身來拿出錢包想去結帳，卻被謝峻凱擋住。

「我來。」他說。

「不可以。」我微笑。「我不習慣讓人家請客。」

「就當是謝禮。」謝峻凱很堅持：「幫助我更瞭解可靜的謝禮。」

這話答得好巧妙，讓我不得不把錢包收回去。

走到門口，謝峻凱招手替我叫了計程車，交給司機先生五百元，請他把我送到目的地。

上車之後我回頭看謝峻凱，他還站在原地目送我離開。

我突然覺得這個人好像也不是太討厭，之前可能誤會他。

坐車窮極無聊，想拿手機打發時間，這時候才發現有未接來電。張又晟。

哼哼，我帶著有點狡獪的心態回撥，沒響幾聲之後他接起來：「在忙？」

「跟謝峻凱吃飯。」

「為什麼？」

「你不是說可以跟他出去試試看嗎？」

「也對。」

他回這句害我不知道怎麼接話，只好說：「找我幹嘛？」

「大概是找妳喝咖啡吧。」

「怎麼那麼晚還要喝咖啡？不會睡不著嗎？」想起剛剛未接來電的時間已經是晚上八點。

「加班，需要精神，不然喝蠻牛也好。」

「還在公司？」

「是啊。」張又晟用幾乎是可憐兮兮的語氣說話。

「我幫你買過去?」這個問句幾乎是不加思索地就脫口而出，說完我自己都有點驚覺是不是太明顯。

「好啊。」張又晟立刻回答還不忘補上一句:「我就知道妳很想我，所以想見我。」

「白癡。」儘管心裡頭想著他為什麼會知道，嘴巴上卻還是這麼說。好像總是要這麼貶低他，才不會顯得我手足無措。

交代計程車司機換個方向前往張又晟的公司，心情開始變得輕快起來。

對於自己的這份喜歡，我是真的想要偷偷藏起來就好，他永遠都不知道，應該也沒關係。

因為我沒有忘記，那張照片裡他燦爛的笑容，與身邊那個女孩。

□

沒有幫他買咖啡，而是買了蔘茶。

張又晟走出公司門口看見蔘茶還說：「喝這個不會太像古代人嗎？」

「蔘茶比咖啡好，喝這個比較補元氣。」

張又晟接過蔘茶一臉感嘆地說：「妳好體貼，娶妳當老婆一定很幸福。」

「白癡。」不知道我有沒有臉紅，洩漏出秘密。

因為他剛好把事情做完，所以我跟他就沿著長長的人行道散步走去有些距離的捷運站。

時間逼近晚上十點，沒想到他剛下班，金融業也有責任制的嗎？

「你工作內容是什麼啊？」我好奇地問。

張又晟翻白眼：「我好不容易下班了，不想再聊工作。」

「那要聊什麼？」

「可以聊約會啊。」

「什麼約會？」

「當然是我們的，現在要去哪裡約會？」

「回家休息吧你。」我沒忽略他臉上疲憊的神色，所以把他的話當成玩笑。

「嗚嗚拒絕我。」

「我沒有，時間太晚，趕快回家休息，明天還要上班。」

「謝謝妳的蔘茶。」張又晟拉著我的手。

「白癡。」還是只會這一句，但心裡卻是暖暖的。

「你為什麼老是要牽我的手啊？」我左思右想，考慮很久後終於開口這麼問他。真的很想知道，男人一直牽著女人的手，卻沒有說喜歡她，是什麼樣的表示？

「不拉住妳，妳好像會突然間在某個路口走失的感覺。」張又晟幾乎沒有思考，立刻就說出答案。

這答案，卻讓我思考了很久。

往後的日子裡，有時回想起這句話，還會覺得自己有點像是被張又晟撿到的流浪狗，乖乖地跟著他的世界轉啊轉，卻沒有想過為什麼。

就這麼呆呆地，栽進了張又晟的世界裡。

我跟張又晟搭的捷運不同方向，他的車先來，我送他上車，目送著他離開的心情有種說不出來的怪，就是悶悶的。

自己也搭上捷運之後，想起張又晟沒問謝峻凱的事情，我想他是不在意的吧。不知道為什麼想到這個，就覺得胃酸上湧，心裡變得酸酸苦苦的。

回家之後習慣性地連上FB，發現謝峻凱又發了交友邀請來，因為今天剛跟對方吃過飯，俗話說「拿人手短，吃人嘴軟」，不好意思再假裝沒看見，只好硬著頭皮按下確認。

人生很難，總是不能隨心所欲地下決定。

好吧其實說真的謝峻凱長得不錯，個性謙恭有禮，就只是比較怪而已。好吧或許只有我覺得他怪，其他人都不覺得，不然可靜怎麼還會將他列入考慮對象？

「這種表面上的禮貌也是很重要的，妳難道不懂嗎？」可靜是這麼說的。

的確不懂啊，從以前到現在我都不習慣這種拐著彎繞來繞去的說法。

以前有個好朋友的男友經營代買，負責幫大家訂購台灣買會很貴的國外商品，然後賺取一些代買費。

「只要妳要買，我們就不收妳代買費。」她對我這麼說。

於是乎當時我像找到救星一樣請他代買當時我非常想要的3C產品，也明確地告訴他型號跟原廠定價，結果最後拿到手的並不是我要的東西，我請好友代為轉達說訂錯了，她也跟我說很抱歉一定會幫我處理。

結果後來貨是拿到了，但這麼一來一往的費用，加起來其實比在台灣買還要昂貴，我沒有抱怨什麼，就把東西收下，畢竟是我自己要求人家買的。

後來慢慢地跟那位好朋友變淡了，我不知道原因為何，後來才經由其他友人轉述說她當時覺得我應該看在他不收代買費就幫我服務的份上，將訂購的機型將錯就錯，就這麼收下才是。

「她也真敢講，我只是禮貌上說不收代買費，她還真以為不用付，我們為了找她的東西到處奔波，東西沒有差很多，她也堅持要換，更誇張的是連運費都要計較，我認清她了。」

我看不出來這種有禮而客氣的「不收代買費」只是客套，而不是真的因為交情而不收，所以造成兩個人的不愉快。

其實還有一兩次其他類似的狀況，因為我不懂得這些拐彎抹角的技巧，總是直來直往，所以常得罪人自己卻不知道，可靜知道我的毛病，所以時常提醒我「客套」的重要，還有教導我如何分辨客套與真實。

「如果她跟妳只見過一兩次面，卻帶著完美的微笑說出漂亮的場面話，例如：『下次妳來找我，我帶妳去什麼什麼地方做 SPA』，這種就是客套而已，只需要客套地回話：『一定，謝謝妳。』」

「那真的會是怎麼樣？」

「真的，要看眼神，眼神像我一樣堅定而真誠，不會飄來飄去的，就是真話。」

可靜瞪大眼睛看著我。

所以後來我才學會盯著別人的眼睛，不然我都會盡量選擇眉毛或鼻子作為注意力集中之處。

但我仍然沒有把可靜教給我的技巧學好，不過得罪人的次數變少，因為可靜說如果我分不出來，就盡量客氣地說些：「我瞭解，謝謝」這類型的話語，比較不容易出錯。

可靜真是我人生的導師。

不過此刻，這位導師正在我耳邊罵著髒話。

「今天這客戶真的很過分，從來都不知道人可以無恥到這種境界！」可靜還在碎唸，據說是因為客戶接到報價單之後跟可靜溝通了一陣子，當然是想殺價，可靜說沒有辦法，對方竟然直接寫信給可靜的上司說可靜態度很差服務很不好，這麼大的訂單只好交給別家公司之類的風涼話。

「不要生氣了，反正你們總經理也知道對方是怎麼樣的人，他不會冤枉妳的。」

「妳怎麼曉得總經理是不是說客套話？他心裡可能不是這麼想的。」可靜愛恨分明，是很典型的獅子座女生，看見有人坐在博愛座不讓座，她會先上前詢問對方身體狀況，如果確定那個人身體健康，她就會用甜美的笑容請對方讓座，很少有人不屈服的。

這招真的很高明，但前提是要先擁有可靜的美貌才可以。

「話說妳跟張又晟怎麼樣？」可靜怒氣來得快去得也快，話鋒一轉，就把問題丟回我這裡來。

「沒怎麼樣啊，就是朋友。」

「切，兩個人都這麼說也太讓人起疑心了。」

兩個人？難道可靜問過張又晟？「妳問過他喔？」

「對啊，剛剛上網遇見他，聊了幾句，問到妳的時候，他說你們只是朋友。」只是朋友。

可靜這麼說，讓我心裡突然佈滿烏雲。

雖然做好跟張又晟只當朋友的打算，但心裡總還是有那麼一丁點期待，期待著張又晟或許對我也有些不一樣的感覺。

聽見這話，雖然早就料想到會是這樣，卻還是覺得好像重重地挨了一拳。

明明牽著手的，明明一起笑一起吃飯一起散步，張又晟卻說只是朋友嗎？

為什麼沒有多一些些？例如我很好，感覺跟我很聊得來，或許有機會之類的呢？

「怎麼不說話？」可靜問我。

「怎麼辦？」我突然恐慌起來。「可靜，怎麼辦？」

「發生什麼事？」

「我……好像喜歡張又晟。」

這句話看似簡單，但要說出來卻用掉我許多力氣。

好怕說出來之後，喜歡一個人這件事情就變得不單純，但不說出來，又覺得自己被悶得沒辦法呼吸。

我不想喜歡他，我想要單純地過生活。

「喜歡就喜歡，男未婚女未嫁的，不是很好嗎？」可靜笑出來。

有什麼好笑的？

「可是他有女朋友耶？」我悶悶地說。

「真的假的？」

我把 FB 上看見的照片說給可靜聽，還強調張又晟把手搭在對方的肩膀上，而且笑容是「從未見過的溫柔」。

「妳想太多了吧。」可靜聽完之後這麼說：「我幫妳問他。」

「不要。」我害怕聽見那個人真的是他女友的事實，就讓我當隻鴕鳥把頭埋在土裡有什麼不好。

「放心，交給我。」

可靜不理會我的抗議，把電話切斷，留下我自己對著話筒發呆，直到電話出現嘟嘟嘟聲，才驚覺自己被掛了電話。

如果對方真的是張又晟的女朋友，我又該如何自處呢？

只是朋友。

對啊我們只是朋友而已，見面吃飯應該沒有什麼大不了的吧。

只是朋友。

不斷想把這句話給驅逐出腦海，卻只是徒勞無功，反而越想越多，想著說出只是朋友的張又晟到底有什麼樣的感覺，想著他怎麼跟女朋友相處的，會跟我一樣嗎？腦袋快要超載，一片混亂。

那樣溫柔的一個人，拿著熱飲遞給我時的微笑，牽著手時不忘注意左右有沒有人車會影響到我的體貼，這些都深深地印在我的心裡。

這種溫柔是真切的嗎？還是只因為喜歡他，所以不自覺地將這些溫柔全都放大成我所希望的樣子？

沒有答案。

只是朋友。

連我自己也是這麼回答的，又怎麼能要求張又晟說出這以外的答案呢？的確只是朋友，除了朋友以外的添加成分應該只是我的期待。

因為張又晟會看的關係，我開始不在FB上發表關於感情的事情，這很容易，因為本來就不愛談這個，太多人關注的愛情不是好事。

但今天我故意寫上和謝峻凱去吃飯的狀況，也不知道是什麼樣的心態，大概很幼稚吧我想，不過現在打開電腦一看，張又晟竟然回了：「跟別人去吃飯，我餓肚子，好可憐。」

看著這回答，我突然笑出來。

很典型的張又晟式回答，有時候他讓人覺得超幼稚像個孩子，但許多小地方又細心體貼得讓人安心。

底下謝峻凱回文：「你可以自己去吃，幹嘛餓肚子？」

張又晟：「你帶走我的人啊。」

我的人？張又晟這是在說什麼。說了只是朋友，又說這種亂七八糟的話，會讓人誤會的。

謝峻凱沒有繼續回話，我也不知道該怎麼回，覺得這則留言留著好像會引起諸多揣測，索性按下刪除。

現在人跟人之間的相處透過網路的時間可能比見面的時間還多，所以在網路上很多用語，因為不是當面說的，很容易造成雙方語意上的誤解，所以我不太愛用網路跟人聊天，總覺得有些話說得不好很容易得罪人。

但好像我在現實生活裡更容易得罪人，唉。

「怎麼刪掉文章？」張又晟傳訊息來。

「怕人誤會。」

「怕誰？謝峻凱嗎？」

「不是，我不喜歡人家亂講。」

「亂講什麼？我跟妳嗎？」

「嗯。」

「為什麼？」

「你不是……」有女朋友嗎？

打完前三個字我有點停頓，不知道該不該把後面的字也打出來。

「不是什麼？」

「你不是有女朋友？我怕她看見會誤會。」一咬牙，還是把後面的字都打出來，總之如果會失望，就失望個徹底，把心裡所有希望的火光通通都熄滅之後，就不會再冀望更多。

「女朋友？妳聽誰說的？謝峻凱嗎？」

「不是啊，你相簿裡的相片。」

「喔。」

喔？之後呢？

不知道該打什麼，讓我們就此沉默好了，只是不承認也不否認，讓我心裡更加混亂。

對著久久沒有回應的螢幕，我站起身來，乾脆走進浴室去洗澡。

洗澡的時候我不斷想著現在張又晟的表情會是怎麼樣？

「喔」這個字之後那些還沒說出口的話語是什麼，是會讓人傷心的話嗎？

「喔，對啊那是我女友。」

「喔，那不是女友，是老婆。」

「喔，關妳屁事。」

或是比較開心的。

「喔，我們已經分手了。」

「喔，那是很久以前的事情，我不太記得。」

「喔，那只是朋友。」這句其實聽起來不太開心。

想著想著頭腦益發混亂，我的人生突然因為這個「喔」字而變得複雜起來。

喜歡一個人真的會有很多複雜的情緒，以前都沒有這麼深刻地體驗過，總是不斷地付出，不斷地想對方需要什麼，盡量做好他背後的女人。

我真的以為女人只要在背後默默支持心愛的人就好。

沒想到最後人家喜歡的是我能為他做的事情，而不是我這個人。

「你為什麼喜歡我？」我這樣問過前男友。

「因為妳很愛我。」他這麼回答。

當時沒有聽出來他話中的意思，直到我們分手之後，經過這些年，才逐漸明瞭，原來他當初說的這句話，指的是因為我很愛他，幫他把很多事情都做好，所以他喜歡我。

我現在終於瞭解那不是愛情。

洗完澡出來的時候看見畫面閃著，所以戴上眼鏡，看見張又晟傳來的訊息。

「剛剛我爸打電話來。」

好老套的藉口。

「妳說的照片，她的確是我女朋友，不過都已經是過去的事情。」

「在嗎？」

不在！我對著螢幕吐舌頭。

「生氣了？還是睡著忘記關電腦？」

「累了。先跟妳說晚安，明天再打電話給妳。不要胡思亂想。」

的確是去胡思亂想了。

看完之後突然整個人軟倒在電腦前，過去的事啊，過去的事，過去了。

不知道為什麼看見這幾個字我的心情突然安定下來，這代表我可以繼續喜歡他，不管能不能告訴他，都可以光明正大的繼續喜歡他。

看他說話的口氣，我心裡其實也有點開心，如果他在意我的感受，就表示他在意我。

雖然現在只是朋友，但或許我在他心裡，也算比較特別的朋友吧。

看來今天可以睡個好覺。

對著電腦螢幕上顯示的張又晟圖片，偷偷地微笑道了聲晚安。

希望夢裡可以見到張又晟溫暖的笑容。

05

隔天上班的時候，我老覺得自己是不是在什麼地方被張又晟下蠱，才會這樣心思不專地猛想著他的事情。

害得我今天老是出包，還好今天大頭不在，不然肯定被叮得滿頭包。

暗戀怎麼不像電影演的那麼美妙，老是在朦朧的場景中想著自己和對方的點點滴滴，然後含蓄地微笑著，為什麼我會是在文件堆裡想著熱炒流口水呢？

「您好，敝姓傅，很高興替您服務……」是誰發明接電話之後要說這麼冗長的一串招呼語？

「傅小姐，這裡是愛爾科技，敝姓梁，關於您之前詢問的事項我已經替您聯絡相關負責人員。」這甜美的聲音……

「梁可靜，什麼事？」

「大頭不在喔？」可靜聲音微微上揚，有時候聽起來有點撒嬌的感覺，如果我是男生，肯定全身酥麻，這是種啟動男生愛情的開關。

那天不小心看了新聞，說不知道哪國的研究發現擁有好聲音的女性比起其他女性，更容易成功引起男性的注意。

廢話，但重點是男生轉過頭看見臉之後，才會繼續決定之後的事情，其實重要的是臉跟身材，跟聲音有什麼關係。

現實，才最重要。

正如同可靜所追求的目標已經不是又高又帥又會運動，而是經濟穩定顧家愛小孩。

誰沒有年輕過，誰年輕的時候不喜歡陽光型又會運動又溫柔體貼的男孩，但問題是人總會長大，長大之後有許多問題要處理跟面對，這時候如果還執著於長相而不管對方的財務狀況，只會使得自己變得更辛苦，因為要考慮到交往後結婚的一切，可能要買房買車生小孩，每樣生活都需要穩定的財務支持。

所以不要說男生現實，女生也一樣。

不過總歸來說男生還是比較堅持一些，因為不論什麼年紀他們都喜歡漂亮身材好的女性。

「今天他出差去大陸。」

「辦公室要提早下班？」可靜笑盈盈地說。

「才不敢哩。」

「跟妳說喔，我問了謝峻凱……關於那張神秘照片的事情。」

「怎麼了？」聽可靜神神秘秘的口氣，我也跟著緊張起來。

「那是他以前的女朋友，大概一年多以前分手了，據說是女生提的。」

「是喔。」被甩？好可憐。

「妳知道了？」

「嗯，昨天晚上我自己問他的。」

「妳好衝動，不過這樣也好，喜歡他就要讓他知道。」

「唉唷他應該不會猜到啦。」

「需要我幫忙嗎？」可靜這個人沒有什麼太大的缺點，但像是鬼靈精啦、喜歡湊熱鬧看戲啦、喜歡隔山觀虎鬥之類的小毛病倒是挺多的。

「才不要。」我立刻驚慌起來：「妳不可以告訴他，也不可以告訴謝峻凱喔！」

「好啦好啦。」然後可靜像是突然想到什麼：「對了謝峻凱約我吃飯。」

「那很好啊，趕快去。」

「可是他現在有點不符合我的條件。」

「為什麼？」

「因為他隔太久再約我，讓我有種他找不到其他人才找我的感覺。」

「妳想太多了，他可能是為了蒐集資料吧，之前他找我吃飯的時候就一直在問妳的事情。」

「他有找妳吃飯？」

是啊，讓人不太自在的一頓飯。「對啊。」

「算了去看看，其實我最近還有一個對象正在觀察。」

「搞不好他這次會表現得比較好。」

「好吧，先這樣。」

跟可靜結束對話之後，我試圖把心思導回工作上，不要再想張又晟，但是他那張可惡的笑臉還是時不時地跑出來考驗我脆弱的意志力。

到現在我都還不太清楚自己為什麼突然間變回多年前對愛情抱有幻想的那個年輕女孩，就這麼喜歡上一個人，就這麼經歷暗戀的各種酸甜苦辣，我以為自己從愛情裡學到的教訓已經夠多了。

我以為自己不會對誰一見鍾情。

我以為自己對愛情已經沒有期待。

但或許，只需要一點契機，就可以讓人重新啟動愛情的開關。

也或許我是壓抑了自己對愛情的想像，所以才變得無感，而張又晟不過是解放了我厚重的偽裝。

「您好，敝姓傅，很高興替您服務……」電話又來了。

「現在是在演什麼？」張又晟。

聽到他說話，才發現我拿起來的是手機。

「哈哈……」我尷尬地笑著。

「晚上約會？」

「你怎麼老用約會這字眼？」

「不然要用什麼？」張又晟的聲音聽起來就是讓人覺得很舒服，應該去電台工作的，一定會有很多人每天搶著收聽。

「嗯……」這問題難倒我了。

「要妳想出來有點難，六點半老地方。」

掛了電話，想起張又晟這樣闖進我生活裡也有一陣子，我們之間互動很好，感覺不錯。

誰也沒有提起喜歡不喜歡的事情，但我們牽手。

牽手對我來說是很重要的象徵，因為相信對方，所以願意把手交給對方，代表願意把自己的某部分交給對方來守護。

這對我來說是意義重大的事，不知道張又晟怎麼想？跟我一樣嗎？還是覺得沒什麼？

雖然不止一次被說過老派，但我真的很喜歡老電影裡那種單純而美好的愛情。

和張又晟約好時間後，就覺得離下班時間怎麼還有那麼久，一分一秒都過得很緩慢。

最後五分鐘，我幾乎是目不轉睛地盯著時鐘看，等公司時鐘走到下班時間，為了避免被說話，還刻意先等幾個同事整理好打卡之後，才開始收拾東西，但這幾分鐘對我來說真是漫長。

好像突然變回第一次約會的樣子，心裡是那麼迫不及待卻又害怕被看出自己的在意。

赴約時如果時間允許，我會在約定好地點的前一站下車，然後從那個地方慢慢慢地走，感覺這樣才能讓自己心跳慢下來，心情也變得不浮躁，而且我還可以站在遠處先觀察一下對方。

偷看張又晟，好像已經變成我的習慣跟興趣。

他今天穿著短袖襯衫跟牛仔褲，怎麼他上班可以打扮得這麼休閒？因為他的身高夠突出，加上他那張可以迷倒人的俊俏臉龐，我總是很容易在洶湧的人群中看見他，看起來好像很孤獨地站在那裡。

遠遠地觀察他，總是比貼近跟他相處，更容易看見他的本心。

靠近他的時候，他總是嘻笑地把自己偽裝起來，好像不讓人輕易看見他的內心，在遠處觀察他的時候，會發現他其實不是那麼喜歡帶著笑容，不是那麼快樂，好像四周有種淡淡的憂鬱包圍著。

或許他的生活也沒有想像中的容易。

從來沒有開口問過他的過去，也不知道自己該拿什麼身分問，只是看著他，總是會很想伸手撫著他的臉，請他不要強迫自己要讓我快樂。

在那些玩笑也似的態度後面，隱藏著的張又晟，有時候也可以放他出來透透氣，或許可以把煩惱說給我聽，不要總是一個人悶在心裡。

這麼說好像太厚臉皮，我忍不住臉紅起來。

但是站在遠處看著他，不知不覺變成我的小確幸，好像在這個時候，才能真正地用自己的方式好好地審視這個人，也才能無所畏懼地看著他。

距離太近的時候，我總是害怕看著他，好像離他這麼近，自己的內心都會無所遁形般透明。

即便是一些些，我也害怕被他看出自己對他的喜歡。

總覺得被知道了之後，雙方都會很尷尬，不論被拒絕或是被接受，都不能再保持像現在一樣自然輕鬆的關係。

所以我一方面很珍惜兩個人現在的狀況，一方面又矛盾地覺得如果他也喜歡我，那不就很完美嗎？

總之喜歡上一個人之後的自己好像變得不同，變得囉哩囉唆，變得患得患失，變得好愛編一些有的沒有的假想劇。

看著看著，發現張又晟拿出手機，接著我的手機就震動起來。

「喂？」我小心翼翼地接起電話，還是偷看著張又晟的表情。

「遲到了。」他坐在花圃邊的木製圍欄上。

「對不起，剛剛沒趕上公車，又等了十分鐘，現在還在公車上，快到了，還有兩三站吧。」我故意這麼說。

「那妳要請我喝咖啡。」他歪著頭說話，裝可愛的表情跟他的長相風格不太符合。

「唉唷，我又不是故意的。」

「遲到就是遲到啊。」

「我又不知道你在哪裡，搞不好你也還沒到只是故意打電話來試探我。」

他爽朗地笑了，連躲在遠處的我都看得見他燦爛的笑容。「哈哈哈，妳想像力挺豐富的，以前被這樣騙過？」

「我看起來像是很好騙的人嗎？」

「像啊。」

「有沒有人說過你講話很刻薄？」

「沒有，我講話最中肯。」

「好，我要下車了，掰掰。」

我掛掉電話，假裝小跑步地走過去。「安全抵達！」

「不對喔。」張又晟把手指點在下巴上，一副思考中的樣子。

「妳搭的公車，站牌就在這裡。」張又晟指著他面前五公尺處的站牌。「妳為什麼會從那個方向跑過來呢？」

「因為沒趕上，所以我搭另外一班啊，它的下車站牌在那邊。」我胡亂比了個方向。

「喔。」張又晟帶著微笑看著我：「我還以為妳故意提早到，躲在附近偷看我呢。」

聽到這句話我心臟差點停住，但還是有點艱難地打哈哈：「唉唷，怎麼可能？我又不是調查小組。」

「那走吧。」張又晟又自然地牽起我的手。「我們去約會。」

該不會真的被發現了吧？我有哪裡露出破綻嗎？如果是瞎猜也猜得太準了吧？

我一直不斷地想著這幾個問題，心情也變得忐忑，萬一他真的發現我在遠處偷看，不是很丟臉？

承認也丟臉，不承認更丟臉。

只能祈禱，希望他真的只是亂猜而已。

手掌被張又晟暖暖地包圍住，這種感覺真的很美好，希望我們牽著手的時光永遠不會消失，也不要變質。

如果他不會喜歡我，就讓我默默地停在這個點，不要往後退可以嗎？

「明天不用上班，今天要不要晚點回家？」張又晟走著走著突然回頭問我。

「耶？」不可以，我們又不是情侶，怎麼可以去旅館？想到這裡我臉就紅起來，想不到張又晟這麼大膽？「什麼？」

「妳幹嘛臉紅？」張又晟嘴角勾勒出美好的線條：「是不是在想很色的事情？」

「沒有，我才沒有。」我顯然不是說謊的高手：「只是沒聽清楚。」

「我說，明天不用上班。」張又晟沒有繼續調侃我，反而溫柔地摸著我的頭髮說：「晚上帶妳去一個很棒的地方？」

「什麼地方？」該不是我想的那裡吧？

「秘密。」張又晟挑眉：「去不去？」

我看著他，堅定而溫和地看著他，好像從來沒有像現在這樣地看著他，奇怪以前怎麼沒有發現他右眼下方有個小小的傷痕呢？奇怪以前怎麼沒有看見他的睫毛這麼長呢？

「去。」我微笑著回答他，不論他問我的問題是什麼，不論他想要去哪裡，我都會跟著他。

這時候我才知道，自己，真的很喜歡張又晟。

到這樣的年紀，才這麼衝動地喜歡一個人感覺很任性，但我的人生很少有任性的機會，或許，這次就是讓我給自己機會放縱吧。

「好。」張又晟也只是微笑，彷彿他早就知道我會這麼說。

隱隱約約覺得，或許他知道我的喜歡，或許他也有些喜歡我，但我們都沒到想要對彼此承諾的階段，所以就讓我們當會牽手的好朋友。他是真的對我很好，言談之間都透露出關心，那種關心是不可以作假的，以前在男友身上偶爾會發現幾次，不過大部分的時間都是我在關心對方。

不是離開了對方，就只能抱怨對方的不是之處，但經過前幾次艱辛的戀愛，連可靜都問我：「妳是不是有被虐狂？」

對於這樣的問句只能苦笑，是啊，只要是女生，誰不喜歡被呵護被捧在手心愛著，誰會喜歡每天為對方擔心，擔心他外食吃得不營養，晚上會煮飯帶去他住的地方給他吃，怕他生活環境髒亂會影響他的身體，所以假日常去幫他打掃，說穿了這些都不是我應該做的事情。

只是因為愛他，所以希望他能夠健康平安，但這樣的方法似乎不足以成為對方持續愛我的理由。

剛開始還會說：「不要那麼辛苦，妳來陪我我就很開心了。」後來卻變成：「妳昨天忘記倒垃圾，都臭了沒聞到嗎？」

原來那些因為體貼對方而做的事情不知不覺變成我「應該」要做的例行工作，而對方也漸漸地遺忘了當初彼此珍愛的相處時光。

於是漸行漸遠，於是我成為生活中食之無味棄之可惜的雞肋。

而愛情呢？愛情到底是從何而生？為什麼悄悄地就從生活裡消失殆盡？開始害怕擁有愛情，因為它好容易離開。

「我們，只是朋友嗎？」心裡還是覺得很不安，該不會只有我自我感覺良好才認為張又晟對我是有些不同的。

「這也是秘密。」張又晟仍然帶著高深莫測的笑容。「一起走吧。」

張又晟領著我往前走，雖然不是太遠的路程，但沿路他都細心地替我注意路旁的障礙，自然又溫和地和我說每一句話。

他不是我男朋友。

但卻可以用非常觸動我心的方式和我相處。

應該要謝謝可靜，因為有她，才能夠和張又晟相遇。

「到了。」張又晟停下腳步，眼前是家非常不顯眼的日本料理店。

進去之後，店裡餐台後的師傅跟服務生活力十足地齊聲喊道：「歡迎光臨。」

店裡雖然空間不大，但這時刻已是座無虛席，我有點擔心地看著四周，怕沒有位子坐。

「您好，兩位嗎？請問有訂位嗎？」服務生帶著微笑走到我們面前。

「有的。」張又晟說出他的訂位資料。

服務生領著我們到位置上坐下之後，遞上手工製作的菜單，每一份都用精美的圖片加上手工寫的毛筆字說明，價位也很可親，還沒點餐已經滿心期待。

「想吃什麼？」張又晟問我。

「你推薦什麼？」

「妳把不想吃的告訴我，剩下的我來點？」

大略翻閱過菜單後，發現幾乎沒有我不愛吃的品項。「我不太敢吃生魚片，其他都還好。」

「好。」張又晟簡單地說完這句後，把服務生叫過來，點了許多菜色，點完之後服務生複誦一次，接著他問我：「這樣可以嗎？」

「會不會太多？」

「放心。」

也不知道為什麼，他說放心我就放心。

總覺得我被他牽著走，但又不覺得不舒服。

在等待上菜的同時，我留了份菜單繼續研究，這跟上次那份菜單真有如天壤之別，上次那份菜單詳盡到需要有速讀技巧才能閱讀，這份卻是簡單明瞭的圖片跟一兩句說明，但每份餐點又都讓人垂涎三尺，看著看著就覺得等待的時間怎麼那麼漫長。

「很餓嗎？」抬起頭，對上張又晟帶笑的眼神，他看我看菜單看得兩眼發楞。

「這菜單做得太好了！」我還是忍不住想稱讚這本菜單，真是簡單明瞭，深得我心。

「菜單還有做得好跟不好的嗎？不都是菜單？」

「不不不……」我猛搖頭，想起那天的**法式普羅旺斯莊園經典香料嫩煎雞腿**：「你沒看過那種壓力很大的菜單。」

「舉例說明？」

「上次我跟謝峻凱出去吃飯，有道菜叫**法式普羅旺斯莊園經典香料嫩煎雞腿**……」我把那串菜名給唸出來，奇怪當時怎麼也唸不好的菜名今天竟然可以一次唸完，而且還把後面的介紹都唸出來，原來我的記憶力這麼好，平常怎麼都沒有記住真正該記的事情？

「哈哈哈。」張又晟聽完大笑。「改天帶我去，我也好想看一下那本菜單喔。」

「好啊好啊。」我開心地說：「下次我們來挑戰把整本菜單看過一遍之後再來點菜。」

「那會不會要一小時之後才能點餐？」

就在我們笑鬧的時候，突然有股淡淡的香味靠近我們桌邊。

那香味就算在滿屋的食物香氣之中，也非常獨特地鑽進嗅覺裡。

我跟張又晟都看向桌邊，那裡不知為何有位非常美麗的女子佇立著。

抬頭一看，就知道我認得她。

是張又晟照片裡那個女生，只是照片裡更清純些，現在的她，說跟明星一樣美麗也不為過。

她綻開笑容，牙齒如同電視廣告裡的女明星般潔白閃亮：「又晟？」

「蒨蒨！」張又晟也露出意外的笑容，那笑容在我眼裡頓時變得很刺眼。

「好久不見。」蒨蒨給張又晟一個大大的美式擁抱。「最近好嗎？」

楞在座位上，很想站起身來，也優雅地展現完美的笑容跟風範，但我動不了，在這個當下我只看見照片裡的女生變得更成熟美豔出現在面前。

「當然好囉，還能有什麼不好的。」張又晟笑著回答她。

顯然他們不是因為交惡才分手的，我心裡突然恐慌了起來。

「講話還是老樣子。」她好像這才發現我，帶著笑意轉向我：「朋友？不介紹一下嗎？」

她直接把我定位在「朋友」的位置。

「看我都忘了，蒨蒨，這位是傅利嘉。」張又晟轉向我，看著我說：「利嘉，這位是羅蒨蒨。」

看著他的嘴一開一合，彷彿動作都變成慢動作般。

「妳好。」羅蒨蒨對我伸出手。「我是蒨蒨，如果有什麼關於他的事情想知道，都可以問我。」

「妳好。」我只能回答這個，連微笑也都是很勉強才擠出來，我的微笑比起她也恍若天壤之別吧我想。

「這麼多年不見，一見面就想把我的糗事都拿出來說嘴嗎？」張又晟聽見羅蒨蒨的話之後回嘴。

「我沒打算要說你的糗事啊，害怕什麼？只是沒想到今天會在這裡遇見你。」

「是啊，妳什麼時候回國的？跟朋友來吃飯嗎？」張又晟顯然也知道她的消息，一直都有聯絡嗎？

「剛回國沒多久，想起這家店的美食，忍不住就拉朋友一起來吃。你還是跟以前一樣常來嗎？」他們過去顯然是一起來這家店用餐的，充滿回憶嗎？

「現在比較少來了，工作忙。」

羅蒨蒨的態度雍容大方，對我也真的很友善，沒有帶著前女友的一丁點敵意。其實也不需要，我跟她的差異，根本不用比較也能立見高下。

就在此刻，服務生把菜餚送上桌，解救了我的無言。

「那你們用餐吧，我先回桌。下次聊，這是我的名片。」羅蒨蒨拿出名片。

「好，下次聊。」張又晟收下名片，目送羅蒨蒨回座，並跟她朋友揮手致意。

在他坐下前，我把眼前的豆皮壽司跟海苔壽司都夾到碗裡，悶著頭開始吃。

經過這個相認的橋段，我突然不知道該怎麼跟張又晟相處，怎麼辦？我的談吐是那樣的嗎？羅蒨蒨講話聲音聽起來很悅耳，感覺個性也很好，笑起來連我都會有點心動。

為什麼他們會分手呢？啊對了聽說是女生跟張又晟提分手的，那張又晟心裡還對她有愛嗎？是不是還殘留著眷戀？

「好吃嗎？」張又晟像沒事人一樣問我。

可是我不知道該怎麼回答，怎麼辦？有話哽在喉頭，卻不知道要怎麼說出來。要回答什麼比較得體？

「怎麼了？不合妳胃口嗎？」張又晟見我沒回答，聲音變得溫柔：「不好吃嗎？還是身體不舒服？妳頭暈嗎？」

張又晟記得我如果太長時間沒進食會頭暈的毛病，所以常問我，身上也會準備糖果餅乾讓我隨時補充。

這樣的溫柔，以前也給過羅蒨蒨吧。

無法不去想他們以前相處的事情，羅蒨蒨看起來那麼完美……

「利嘉？」張又晟站起身來蹲在我身旁。「利嘉，還好嗎？」

聽見他叫我的名字，感覺心裡更慌了，我不能在這裡被看出來，我趕緊抬頭，擠出應該很不自然的笑容：「太好吃了所以感動得想哭。」

「妳不要這樣嚇我，表現得毫無反應，我差點想帶妳奪門而出去急診。」張又晟走回座位上坐好，精美的料理開始一道道上桌。

多虧了這些料理，讓我們暫時不用對話，也還好我的座位背對羅蒨蒨，不然我怕會忍不住一直看她，看了之後又會陷入恐慌。

草草吃完飯之後，張又晟帶著我離開餐廳，要離開之前還跟羅蒨蒨道別。

看著她巧笑倩兮的模樣，如果不是因為我喜歡張又晟所以會用不同的立場想事情，我想我應該也會很喜歡她吧。

感覺她跟可靜是同一型的，漂亮、聰明、做事俐落，接受眾人讚賞眼光的美女。

走出餐廳，張又晟說：「走吧。」

「去哪裡？」

「不是說今天要帶妳去一個地方嗎？」

「下次吧。」我趕緊找藉口推託。

「怎麼了？」張又晟不太明瞭我為什麼這時候才拒絕。

「我胃有點痛，可能是吃太多。」我假裝按著肚子。

「妳沒事幹嘛吃那麼多，以後也還可以吃，又不是以後都不來了，不能吃那麼多就不要硬撐啊。」張又晟又好氣又好笑地看著我。「好啦不然我先送妳回家？」

「不用了我自己回去就好，你也趕快回家吧。」我推著他的背。

不然你可以進去餐廳裡繼續跟羅蒨蒨聊天。我很想這麼說，但又知道我沒資格這麼說，而且這麼一說，聰明如張又晟肯定會猜到我的心情，所以要忍住。

不管有多麼想說出口，都要忍住。

「我送妳。」張又晟很擔心地看著我。

這擔心是真的，我知道他真的擔心我，我也知道他真的是我的朋友，他很認真地對我，可是我無法不去在意羅蒨蒨，美得像明星般的這個女生，是他的前女友。

「不用不用，我自己回去就好，沒問題的，我很堅強。」我招手想攔計程車。

「妳真的可以自己回去嗎？」

張又晟問完這句話之後，剛好有台計程車停在面前，我趕緊衝進去。「可以可以，掰掰。」

「那妳到家給我電話。」在我關上車門前，聽見張又晟緊張地這麼說。

我沒有回答，關上車門之後催促計程車司機快點開走。

不敢回頭看張又晟的表情，因為門才一關上，我就忍不住自己的淚水。

我不知道自己為什麼哭，也不知道自己為什麼覺得痛，就只是覺得很難過，忍不住眼眶裡滾滾的淚水。

接下來的幾天，我都刻意逃開張又晟。

逃開他的電話，逼不得已接了電話也拒絕他說要吃飯、散步、聊天、看電影的各種「約會」。

我也不知道自己這樣做的理由是什麼，之前明明很期待他的電話，很享受跟他一起相處的時光，覺得放鬆，覺得安心，也喜歡他的陪伴。

自從那天之後，我無法將羅蒨蒨的影像從腦袋裡驅逐出去，她的一顰一笑不斷地在我眼前出現。

每出現一次，就讓我更覺得自己可悲。

竟然還妄想張又晟會喜歡我，妄想他會跟我在一起。

現在想想前幾天作的那些美夢，還覺得真好笑，真的以為自己還是青春無敵的女孩，只要有愛就可以無視現實條件嗎？

羅蒨蒨是根針，戳破了我心裡那份對於愛情美好的假象。

我心裡好慌。

覺得應該先離張又晟遠遠的，我好怕被他拿來跟前女友比較，在他的心裡，我到底算是什麼呢？

只是朋友嗎？

感受到的那些溫柔相待，都沒有一點特殊的含意嗎？

電話響起。「您好……」

「利嘉，把話說清楚，妳跟張又晟怎麼了？他為什麼打電話叫我好好盯著妳？」是可靜。

聽見這句話，我眼淚又開始想要撲簌簌地掉下來。

「我不知道。」

「妳最好從實招來喔！」

「他跟妳說什麼？」

「他說他可能不知道什麼地方做錯了，妳最近都不肯理他，不接電話也不肯跟他出去，他跟我說，如果你想就這樣不當朋友，也沒有關係，只是他想知道為什麼，跟妳道個歉。」

不是你的問題，是我的問題啊。

「傅利嘉！幹嘛不說話？」

「我不知道……」好像只會說這四個字。

「妳晚上給我出來，六點半我家樓下 Jin Bar。」

可靜家樓下有家小小的酒吧，每次可靜心情不好，總會去那邊點杯酒，聽店裡放的爵士樂、藍調……靜靜地掉眼淚。

如果喝酒有些空虛，也有簡單的餐點可以點，雖說是簡餐，但口味非常道地，跟可靜去過幾次之後，我也喜歡上那裡的氣氛。

只是老闆的過去太過悲傷，所以店裡也總是有種淡淡的憂鬱，老是熱鬧不起來的感覺。

「嗯。」我今天應該很適合去那裡吧。

掛下電話，我開始發呆，為什麼張又晟要打電話給可靜呢？

就這樣不當朋友，也沒有關係嗎？

正在發楞，電話又響起，今天我的分機號碼很熱門，應該要去簽樂透。

「您好。」我連後面那一大串都懶得說，萬一是抽查員，這個月薪水又要被扣了。

「請問是傅利嘉小姐嗎？」

「是，請問您是？」

「我是峻凱。」

峻凱？哪個峻凱？喔！謝峻凱。「您好，有什麼事情嗎？」

「想請問妳明天晚上有空嗎？」

「怎麼了？」

「想約妳吃個飯聊聊天。」

「可能不行，這幾天我都要忙。」我委婉地拒絕。

「那之後呢？」

「之後我再聯絡你吧。」不等他回答，我故意對著電話說：「經理，請稍等我一下。」

謝峻凱果然很老實。「那妳先忙，保持聯絡。」

一直在思索為什麼自己會這麼在意羅蒨蒨，從以前就知道自己不算是讓人驚豔的第一眼美女，不過還算是略有姿色，在路上偶爾也會被搭訕。

但為什麼羅蒨蒨完美的笑容一直出現在我腦海裡揮之不去，她跟張又晟就算在一起過，現在也分開了，我不應該去在意這些，現在我跟張又晟是好朋友，又關羅蒨蒨什麼事呢？他們現在也只是朋友。

不斷地試圖想要說服自己，卻不斷地發現越想情緒只是越低落。

下班後，在回程的捷運上我腦袋空白地不知道要填些什麼進去，又或者應該說是被羅蒨蒨給佔滿了，不斷想著要怎麼樣才能跟她一樣豔麗動人。

到可靜家樓下，離約定時間還有十分鐘，我跟老闆說可靜有訂位等下就會來，老闆帶我到角落坐下，問我要不要先點東西吃。

我看著老闆，決定叫他先來杯調酒。

「現在喝酒？」

「嗯！」我堅定地點頭。「要烈一點的。」

烈酒，才能治心病。

沒多久之後，老闆送上一杯顏色很單調的調酒，我喝了一小口、又一口，再一口……

「啊～」

「好喝嗎？」有人問我。

「好喝。」

不對，這聲音……

抬頭一看，張又晟站在我的身邊，臉上還是那個笑容。

我傻傻地看著他大概有三十秒吧，他也不動，就這麼站在那裡讓我看著。

「你為什麼會來這裡？」

「可靜說今天晚上找我吃飯，跟我聊妳的事情。」張又晟慢條斯理地坐下。

「既然是妳，我想我大概知道可靜的意思了。」

「什麼意思？」

「有些事情，妳不需要懂。」

「為什麼要這樣？」我想要再喝一口，卻發現杯子已經空了。「老闆，我還要。」

沒多久之後，老闆又送上一杯顏色不太相同的調酒，我才想起張又晟好像還沒回答我的問題。

「為什麼一定要找我出來解釋？為什麼要請可靜看著我？為什麼要牽我的手對我那麼好，為什麼要記得我會頭暈，帶糖果餅乾給我吃？」

「沒為什麼，就自然而然記住了。」

「沒為什麼？沒為什麼？」我一口一口喝著杯裡的酒，杯子越來越空。

「心情不好嗎？」

「嗯，不太好。」我轉頭：「老闆我還要一杯，今天你調的酒都好好喝。」

「為什麼呢？」

「沒為什麼。」

「那妳今天看見我開心嗎？」張又晟在微笑。

「開心……」不對，我搖搖頭：「不開心。」

「為什麼不開心呢？」

「因為我不是明星。」我低下頭：「她好漂亮，好有氣質，態度落落大方，香味也很迷人，笑起來牙齒好白好整齊，那天穿的套裝看起來很俐落，腿也好長好漂亮……」

講著講著，我的聲音越來越低，心情指數也越來越低了。

「這跟妳有什麼關係呢？」

「本來是沒有關係的，外面漂亮的女生很多哇，只是……」

老闆又送來一杯酒，調酒真的好好喝。

「嗯？」張又晟溫柔說話的聲音好讓人暈眩。

「只是，她的身分不一樣，我跟她差異好大。」

「妳為什麼要跟她比較呢？」

「這個是秘密。」

張又晟笑了笑，慢慢地、不疾不徐地開始說話：「妳知道嗎？這個世界上有很多很多種不同的食物跟料理，拿台灣來說，我們有路邊攤，也有高級餐廳，吃一餐可以花一百元，也可以花五千元，看你要吃什麼而已，人可以選擇食物，但不能勉強自己吃下不喜歡的食物，也不曾明知道吃了這東西會過敏，還硬是要吃對吧。」

「嗯。」我點點頭。

「像是法國料理，每道餐點都裝飾得很華麗，也都是大廚精心製作，絕對比路邊攤安全衛生不知道多少，但有個女生，她就是寧可去路邊攤吃魚卵沙拉，也不要吃法國餐廳裡的魚子醬。」

「嗯。」我不喜歡魚子醬。

「就是囉，那個耀眼得像明星的女生，不但美麗，又有遠大的抱負跟志向，也有非常好的學識背景跟專業技能，她對自己的未來有無限的信心，是個很棒的女孩子。」

「對啊。」

「有的男生也不喜歡法國料理，不喜歡繞來繞去形容菜有多好吃的餐廳，他也喜歡簡單的地方啊。他喜歡單純的生活，不想要瞭解名牌包名牌手錶貴族生活、不想要參加上流社會勾心鬥角的聚會，下班只想跟喜歡的人吃飯聊天牽手看電影吵個小嘴互相打鬧，然後回家休息看電視打電動。

「適不適合才是最重要的，喜不喜歡才是最重要的，不然就算是一餐五萬元的法國料理，不喜歡吃的話，又有什麼價值呢？」

「聽不懂。」

「沒有關係。」張又晟繼續微笑著。「妳只要記得，我也不喜歡法國料理就是了。」

「我知道啊。」幹嘛一直講法國料理，我們現在又不是在吃法國料理。

「那妳就知道，我也喜歡簡單一點的人。」

「嗯？」

「會不會化妝、有沒有噴香水、是不是有一口潔白閃亮的牙齒，對我來說並不重要。」張又晟慢慢地說：「我個人的喜好，才是最重要的。」

「喔。」我皺眉頭。「沒有酒了。」

「我問妳一個問題喔。」張又晟把臉湊到我面前。

這家店空間不大，台北市巷子裡的店好像都這樣，所以桌子也很小，張又晟只需要略微傾身，就可以離我很近。

「什麼？」我頭怎麼有點暈？

「妳，是不是喜歡張又晟？」
「啊？」這問題好突然，可是我頭好暈，想不出來該回答什麼比較好。「啊？」
「妳回答之後，我就告訴妳一個秘密。」
「什麼秘密？」
「妳要先回答。」
「我不喜歡張又晟。」我搖頭：「張又晟是法國料理，很漂亮可是離我很遠。」
張又晟微笑起來。「我知道了。」
「秘密呢？」我趕緊追問。
「秘密就是……」張又晟的笑容怎麼有點模糊？「妳喝醉了。」
接下來我好像看見可靜的臉？原來剛剛是可靜跟我一起吃飯嗎？可是好像有張又晟？還是我從頭到尾都在幻想？
不多想了，頭好暈。

□

那是我這幾天以來睡得最好的一晚。

醒過來之後，有暖暖的陽光從窗外照射進來，棉被有種陽光的香味，軟綿綿的枕頭……

等下，我家床邊沒有窗戶啊！

從床上驚醒，赫然發現這裡不是我家！驚慌了五秒之後，看看四周安下心來。

這是可靜家。

從床上起身後發現我已經換了乾淨的睡衣，不愧是可靜，人真的很體貼。

走進浴室，我的牙刷還在呢。

因為可靜自己住在台北，家人都在台中，所以為了陪她（其實是她陪我？），我假日常來可靜住的地方聊天，她住的地方是兩房一廳，非常寬敞。

我睡的這間是書房，但有設置單人床，在台北市租這樣的房子真奢侈，不過可靜說一個人生活也要過得很好，不想為了省錢而讓自己擠在品質不好的小套房，這樣上班也沒有動力。

「沒有好的居家品質，就沒有好生活。」這是可靜的名言，所以可靜的家永遠窗明几淨。

梳洗完畢，神清氣爽地走出房門，一股濃濃的咖啡香飄散在空氣中。

「早安，可靜。」我開心地跟坐在沙發上的可靜打招呼。「我就想說昨天應該是跟妳喝酒聊天，那些事情可能是我作夢吧……」

結果可靜轉頭，我猛地退後一步。「妳……妳昨天怎麼了？」

她一臉的疲憊加上黑眼圈，捧著杯咖啡坐在那裡感覺像在吸毒。

「還不都是妳！」可靜咬牙切齒地說：「害我今天變這樣，還好今天不用上班，不然我肯定跟妳沒完沒了！」

「我？」為什麼？我不敢置信地問：「我？我？」

「我就知道妳今天根本不會記得，放心，我留了證據，先等我吃早餐喝完咖啡再說。」可靜轉過頭，恢復一貫的優雅，開始慢條斯理地品嚐咖啡。

因為心裡很忐忑，不知道昨天發生什麼事，害得一向愛美的可靜變成這副德行，真是罪孽深重。

雖然心裡很不安，但肚子還是會餓，於是拿起可靜做好的手工麵包配著咖啡一起喝，可靜手藝真的很好，這麵包看起來簡簡單單，卻充滿了麵粉的香味。

好不容易等到可靜把咖啡喝完，她端著杯子走到廚房時，臉色已經明顯好些，但我還是遲遲不敢開口問她發生什麼事。

「好。」可靜洗完杯子之後，擦乾手，走回客廳的小沙發。「妳知道自己昨天跟誰吃飯？」

「不是妳嗎？」隱約記得有可靜，也有張又晟，但如果是在可靜家醒來，應該張又晟的部分只是作夢吧。

「好吧，那我先把事情跟妳說明白，因為妳前幾天都不肯理會張又晟，不接電話，不回應，所以他打電話問我發生什麼事，想當然我根本不知道這中間有什麼狀況，但張又晟有說上次跟妳出去吃飯時遇見他的前女友，我大概有猜到一點端倪，妳聽聽看對不對？」可靜眼神凌厲地看著我。

我低下頭：「好。」

「他前女友是照片上那個人？」

「對。」

「她很漂亮有氣質？」

「嗯。」雖然不想承認，但事實擺在眼前。

「張又晟跟她關係還很好？」

可靜是不是有裝監視器在我身上？

「妳現在是不是覺得我很厲害，什麼都猜到了？」

我抬起頭：「真的！妳真的很厲害耶！」

「那全是因為妳昨晚發酒瘋抓著我不讓我睡覺，硬是要我聽妳說……」

「啊？對不起。」我羞愧得無地自容，到底說了什麼啊。

「不用對不起，後面還有更精彩的，於是昨天我跟張又晟說那我幫你約利嘉晚上出來吃飯，請他自己跟妳聊，他說好，所以我就打電話給妳，我還暗示他妳喝了酒之後防衛心會比較低，沒想到妳倒是很自動，張又晟說他到樓下的時候妳已經在喝了。」

「我心情不好嘛……」

「之後的事情我不太清楚，總之就是妳越喝越多，後來張又晟打電話跟我說妳已經喝太多了，我趕緊下樓，剛好遇上妳喝到趴在桌上。」

可靜拿出手機：「如果只是喝醉倒也還好，偏偏妳喝醉了之後話特別多，妳自己看吧。」

可靜手機開始播放昨晚的畫面，一開始只見我趴在某人的背上，仔細一看，揹著我的人是：張又晟！

好丟臉！

可靜把手機音量調大，我可以清楚地聽見自己在那裡說：「張又晟問我喜不喜歡他，他竟然問我喜不喜歡他耶？」

可靜的聲音：「那妳喜歡他嗎？」

這時我趴在張又晟的背上，突然抬起頭，差點從張又晟背上滾下來：「我當然喜歡，只是我不能喜歡，也不能讓他知道啊。」

死定了。

看到這裡我頭皮發麻，人生算是完了，一片慘綠，以後要怎麼做人？怎麼面對張又晟？

苦著臉繼續往下看，我不斷地趴在張又晟背上揮舞著雙手，邊哼歌邊說：「妳知道嗎？羅蒨蒨好漂亮，又高又瘦又會打扮……跟妳一樣，可靜，老天爺好不公平，妳們就可以又高又瘦又漂亮，我只有瘦而已，剩下都是普通，普通身高，普通的個性，普通的工作……我也好想要這麼漂亮，是不是要變漂亮張又晟才會……」

「會什麼？」張又晟笑笑地問。

「會喜歡我？」我在畫面中看起來還很害羞地偏過頭：「不然妳看，我跟羅蒨蒨兩個女生放在一起，大家都嘛要選羅蒨蒨，誰要選我？誰？」

「我，我會選妳啦。」可靜邊笑邊回答。

「可是你又不是張又晟。」我趴在張又晟的背上傻笑：「張又晟真的對我很好，長相也是我喜歡的類型……」

雖然看不見，但我相信自己的臉色現在應該開始發青了。

「到家了。」可靜說。

「耶？我不要回家，我要喝調酒，調酒好好喝！」我開始在張又晟的背上亂踢，像小孩一樣。

「好，回家喝。」

可靜講完這句話之後，畫面到此為止。

雖然只有短短的幾分鐘，但卻像一世紀那麼漫長，重點是經過這幾分鐘，我的人生也已經徹底崩壞。

「為什麼？不是從樓下上來而已？為什麼他要揹著我走那麼久？」

「不都是妳說要散步，要散步才肯回家，都是妳說的啊。」

「妳為什麼要聽我的？應該要立刻帶走我。」

可靜給了我一個白眼。

「該怎麼辦？」我抓著可靜的肩膀。「怎麼辦？我是不是應該立刻搬家，搬到沒有人認識我的地方去重新開始生活？」

「後來張又晟先離開，妳回來之後還不斷吵著說要喝酒，又笑又鬧的，一下子纏著我問我妳漂不漂亮，一下子說要去整形……」可靜一副頭痛欲裂的樣子。

「對不起。」我還是只能道歉，並在心裡偷偷盤算著以後絕對不要再見張又晟，非常非常地丟臉。

「我叫妳睡覺，妳硬是不睡，說妳也有很多才藝，說妳要去煮飯，接著就在房間裡一直跳舞，說妳舞跳得很好，總之我被妳這樣鬧到四點多，妳不支倒地之後，我還要幫妳換睡衣讓妳睡覺，最後我要躺下的時候，天早就亮了。」

可靜又站起身來去倒了一杯咖啡。「我需要再喝一杯，怎麼樣？還喜歡昨天的發展嗎？」

「不喜歡。」我苦著一張臉。

「我倒是覺得挺有趣的，至少妳自己告白了不用我擔心。」

「妳這是幸災樂禍嗎？」

可靜露出非常甜美的微笑，帶著殺氣問我：「如果我想幸災樂禍，昨天就不會衝去現場接妳，會讓妳直接在那邊出糗，然後看張又晟要怎麼幫妳處理善後。」

「是的，對不起我錯了。」我立刻向可靜道歉，這時候志氣什麼的一點也不重要。「可是我該怎麼辦？」

還是好苦惱啊，真的要離開這裡去別的地方生活，才不會想起這些尷尬的一切，我跟張又晟之間，就當成沒有認識過好了。

「對了，我要告訴妳一件事。」可靜像是突然想到什麼。

「還有什麼更悲慘的事情妳沒說嗎？」

「不是，是昨天我跟謝峻凱吃飯。」

「妳昨天跟謝峻凱吃飯？」我本來很疑惑，後來想起來是我鼓勵可靜去的，我怎麼那麼豬頭，連這個也忘記。「結果哩？應該不會比我更慘啊。」

「是沒有妳那麼驚天動地的事情發生啦，不過我覺得謝峻凱他……」可靜偏著頭不知道在思考什麼。

「他……」我順著話問下去。「有隱疾？」

「不是啦！」可靜好像有點猶豫地說：「我覺得他……喜歡妳耶。」

「啊？」我有點困惑了：「喜歡我？他不是約妳吃飯嗎？」

「是啊，但他一直拐著彎在問妳的事情，讓我覺得很可疑。」

「可是他當時約我吃飯的時候，是在問妳的事情耶？」

「所以我說覺得很怪，妳那天跟我說的是一回事，可是我實際上跟他聊天時感受到的氣氛，又是另外一回事。」

「妳可能感受錯了？」

「我覺得應該是妳感受錯了，他從上次見面之後，應該就是想要追妳，只是妳看不出來。」可靜拿出推理的精神：「妳看，他藉口要問我的事情約妳出去，後來又約我，旁敲側擊地問我妳有沒有男朋友，平常喜歡什麼消遣，喜歡什麼類型的男生，還有工作順不順利之類的，雖然不是每個問題都繞著妳，但話題講一講總是會轉到妳身上去，才讓我起了疑心，後來我故意討論妳的事情，他就顯得很有興趣，我才看出他真的對妳有意思。」

「可是我對他一點意思也沒有。」

「沒關係吧，他又沒告白，當成不知道就好了，何況這只是我經過縝密觀察而推敲出來的假設，想說提出來跟妳討論看看而已。」

敢情可靜以後不上班還可以去當偵探？

「唉唷，我沒空管謝峻凱啦。」我抱著頭，眼前還有更棘手的事情呢。

「放心啦，張又晟也很喜歡妳。」可靜拍拍我的肩膀。

「亂說。」我瞪了她一眼。「這時候開這種玩笑真的很不恰當。」

可靜又露出了甜美的笑容：「不然我們來打賭，如果我說錯的話，約好的日本之旅我付錢，但如果他真的喜歡妳，日本之旅妳付錢。」

好大的賭注！我猶豫了一下，但又想到張又晟根本不會喜歡我啊。

「好！」我咬著牙答應可靜。

「耶！我要趕緊計畫怎麼花這多出來的三萬塊！」可靜終於擺脫一早上的陰霾，開心地去洗碗。

過了幾分鐘，我才想起來這賭注不是無論如何都難過嗎？一個是荷包難過，一個是心裡難過。

唉，傅利嘉，可不可以多用點腦袋？

07

雖然可靜跟我耳提面命要面對現實，但我還是持續躲了張又晟好幾天。

事實上張又晟也只有打過一次電話給我，不過我作賊心虛沒有接電話。

這麼大一個人活到現在竟然不斷地在躲避別人，還是躲自己喜歡的人，我怎麼會變這麼可憐？

可靜說我不可以當烏龜，一定要假裝沒事，告白就告白，要等待對方回應啊，怎麼可以告白之後像人間蒸發一樣，不給人機會回答呢？

「就算是被拒絕，也要勇敢，抬頭挺胸地接受！」可靜是這麼鼓勵我的。

但我就是放不下啊，這也不是拒絕不拒絕的問題，只是很丟臉，要告白也不該是在喝醉酒胡言亂語的情況下告白吧。

唉。

上班時間唉聲嘆氣其實是不好的，但我總是忍不住要唉聲嘆氣，不過多虧這件糗事，讓我把羅蒨蒨的事情拋到九霄雲外去，說也奇怪，本來很介意的羅蒨蒨，經過這個丟臉的酒醉事件之後，好像突然變得不重要。

現在回過頭想，也不知道自己為什麼要那麼在意羅蒨蒨，人啊，不就是為了爭口氣，這氣沒爭到，還讓自己在喜歡的人面前出了大糗，我也算很讓人印象深刻。

「利嘉，還不回家嗎？」隔壁同事經過我身邊突然這麼說。

這才從座位上驚跳起來，什麼，竟然已經六點半了！

莫名其妙地白白加班一小時，而且沒人提醒我，好吧至少經理會覺得放了兩天假之後我今天開始勵精圖治變得認真積極負責任。

收拾好東西之後下樓，準備隨便買個便當回家看韓劇大笑或掉眼淚，發洩一下情緒總是好事。

下樓後，才剛走出公司大門，身後就傳來熟悉的聲音：「下班啦？」

這聲音……

呆立在原地，恨不得地上有個地洞可以立刻讓我鑽下去逃走，但現在無法逃走，因為敵人就在身後，不回頭馬上就會被擊斃了。

「哈……哈囉。」我回頭，對著張又晟依然帥氣的臉龐勉強擠出微笑，肯定很難看。

「今天剛好過來這裡拜訪客戶，想說下班時間順道等妳一起吃飯。」今天講話好客氣，是謝峻凱化了嗎？「肚子餓了嗎？」

「不……不餓。」剛說完，肚子就發出響亮的咕嚕聲，在車水馬龍的台北街頭依然讓人清晰可聞。

為什麼這裡沒有地洞呢？不然乾脆來顆隕石把我撞進地球裡，讓我死了算了，何必這樣折磨我？

「噗……」張又晟大笑：「哈哈哈，妳真的很好笑耶。走吧。」

「我……」還來不及辯解什麼，張又晟又拉起我的手往前走。

這，現在什麼狀況？為什麼還拉著我的手？

「去哪吃？」張又晟問我。

「那個……那天晚上……」我心裡還在掙扎要不要把事情和盤托出，先澄清我沒有喜歡他，讓他放下戒心。

至少我們可以繼續當朋友吧。

「那天晚上怎麼了嗎？妳記得嗎？」張又晟停下腳步，笑意盈盈地看著我。

這問題讓人怎麼回答？「我……我不記得。」

「我也不太記得，大概是喝多了。」張又晟假裝苦惱地抓頭。

「喝多了？」似乎出現了一線生機。

「嗯，看妳喝調酒好像很好喝，我也叫了幾杯，後來可能是太多種類的酒混合在一起，喝到有點暈。」

但，但影片中的張又晟看起來很清醒啊？

「不過，可靜……」本來要說可靜的影片，但轉念一想，說出來有什麼好處？大家都忘記了不是很好？幹嘛提醒他？

對喔！假裝不知道啊，傅利嘉妳好棒，妳這次有用腦子想！

「可靜怎麼了嗎？」張又晟見我沒繼續往下說便接著問。

「沒……沒事，可靜說我醉了之後很好睡，很乖，哈哈哈。」

「是這樣嗎？」張又晟繼續笑，這笑容跟可靜那種別有意圖的笑容好類似。

「想吃什麼？」

「熱炒！」張又晟問完之後，竟然跟我一起同聲講出這兩個字。

「我就知道。」他講完之後一副得意的樣子。「妳的喜好還真單純。走吧。」

接著我們就搭上捷運前往熱炒店，一路上聊天什麼的也都很自然沒有異狀。

太好了，張又晟不記得這件事。

事情到現在算是圓滿落幕，我不需要搬家隱姓埋名過生活也不需要被隕石打進地表裡，我從羞恥的深淵中爬出來了啊！

太好了。

上菜後，我對著久違的椒麻雞傻笑。

「怎麼了？今天很開心？」張又晟一如往常地吃很多飯。

「奇怪，你吃那麼多飯為什麼都不會胖，澱粉類是肥胖的元兇耶！」

「我吃什麼都不會胖。」

「哼，炫耀。」最討厭這種說自己怎麼吃都不會胖的人，我為了不發胖，晚餐都會盡量少吃澱粉類，但因為認識張又晟，這幾個月老是吃好料，已經胖了兩公斤。

「要不要來一杯？」張又晟從冰箱拿了瓶啤酒。

「不要。敬謝不敏。」我趕緊推辭，開玩笑，那天的事情再發生一次還得了。

「這不會醉啦，跟汽水一樣。」

「還是不要。」我很堅持。

「有什麼關係呢？喝醉我會揹妳的。」張又晟突然俯身向前，誘人的臉龐停在我眼前約莫十五公分處，我都可以感覺到他的呼吸，加上他的眼神，我以為自己就要融化了。

眼看他柔軟的唇就在眼前，這十五公分的距離，考驗人性的軟弱與意志力。
「哈哈鬥雞眼。」張又晟突然指著我鼻子大笑。
「沒水準！自己要靠人家那麼近。」我沒好氣地繼續挖飯。
也還好他出現這樣的動作，害我免於繼續妄想。
其實我本來以為他要親我，真是羞羞臉。
吃完飯之後，張又晟拉著我去逛夜市。
「又逛？你沒吃飽？」
「吃完飯要喝點飲料，再吃點甜食。」
「肥死你。」
「擔心我的身材走樣之後妳不喜歡嗎？」張又晟突然回頭，又把臉靠到距離我很近的地方，用很輕柔的嗓音說話。
「你……」幹嘛這樣說話？！
「其實……那天……」張又晟故意拉長了聲音。

「那天怎麼了？」我緊張起來。

「秘密。」張又晟點了一下我的鼻頭，哈哈大笑的走開。「我好喜歡妳不知所措的樣子。」

這人個性真的很糟，我以前說過他很體貼很溫柔很善良的話全都作廢，他很無聊！現在看來還有點無恥！

我氣呼呼地跟著他繼續往前走，什麼嘛，真是的！

張又晟走了幾步後轉過身跑回來，拉起我的手又繼續往前走。「還是這樣比較習慣。」

「習慣什麼？」手指被包圍的感覺很溫暖，我有點不好意思。

張又晟盯著我思索了好一會兒，看得我臉漸漸發熱，他又貼近看我，慢慢地說：「感覺像是遛狗要牽著狗繩那種感覺，不牽著就怕狗會跑不見。」

「你……」這答案！真的很氣人。「我以後不要跟你出來了！」

「愛生氣。」張又晟摸著我的頭。「好啦好啦不生氣，不生氣。」

「我沒生氣。」

「有，妳有。」張又晟不知道為什麼一直笑。「吃粉圓冰好不好？」

「不要！」我賭氣似地說。

「好啦。」

「不要。」我皺眉頭。

「拜託拜託。」張又晟也會學無辜的眼神。「陪我。」

「好吧。」我投降了，天知道我有多容易被張又晟牽著鼻子走，萬一哪天他把我賣掉了我真的還可能喜孜孜地跟他說再見。

不是這樣的吧。

整趟逛夜市的路程我都在想自己到底為什麼會喜歡張又晟，為什麼以前會覺得他溫柔體貼呢？難道之前太寂寞了？還是太餓了？

明明就是一個無賴鬼啊。

回家後，我一直在想，張又晟對於那天的事情，到底是裝傻還是真的忘記了，如果真的忘記，又為什麼偶爾要提起一下呢？

剛剛打電話找不到可靜，不知道她在忙什麼。

手機顯示訊息，張又晟傳來：「到家後早點休息。」

明明晚上那麼幼稚那麼無賴，回家後又傳這種看似成熟穩重的訊息，我是不會被騙的。

看完後我沒有回，哼哼，這點算我贏了。

□

隔天神清氣爽地起床準備上班時，想到昨天張又晟在公司門口等我，就覺得很窩心，為什麼他會想要來找我呢？

他沒想過，自己再這麼對我好，有可能會讓我誤會嗎？

既然沒想過，就不要想，繼續這樣下去我也覺得很好，總有種兩個人在一起的感覺，卻又沒有那種壓力。

我不用想要怎麼樣對他好，才會讓他更愛我。

我不用在意要怎麼吃飯才顯得淑女，不用介意跟他的朋友一起聚會我要穿什麼才不顯得失禮，不用想年節時要送什麼禮物給他的父母，不用想情人節紀念日要怎麼慶祝，也不用自己一個人規劃只有自己一頭熱的旅程。

只有兩個人下班後見面聊聊天，講些無聊當有趣的話題，接著散場，各自回家。

雖然我喜歡張又晟，但又害怕兩個人一旦真的進入情侶關係之後，所有的一切都會變調。

以前就是這樣，男生喜歡我的時候，好像什麼都好，在一起之後，他會開始慢慢嫌我的某些地方不夠好，可能要改進，講到後來，我好像沒有一個地方讓他可以打一百分，我漸漸地都懷疑他為什麼當初會喜歡我。

這就是兩個人從朋友變成情人之後，要面對的問題吧。

可靜也說兩個人在一起，重要的是互相磨合的過程，相不相愛，時間一久，好像也就沒那麼重要。

難怪現在劈腿的人那麼多，新鮮感，比起愛情，還要來得更吸引人吧。

上班的途中就這麼胡思亂想，到達公司之後電腦一打開，按照慣例先收信。公務信件、垃圾信、客戶抱怨、垃圾信、經理交代事情……

咦？謝峻凱？

打開一看，謝峻凱約我明天晚上見面，e-mail 還要求傳送讀取回條。

想起那天可靜說的話，心裡覺得有些懷疑，想說暫時不回信，等晚點跟可靜商量好了再回信。

我很喜歡工作，儘管有些時候客戶真的很氣人，講電話的時候曾經氣到想叫客戶把電話吃下去，但我還是很喜歡工作。

除了看見薪水很開心之外，工作的時候我好像給了自己無形的肯定，雖然每次接到抱怨、議價、亂七八糟的信件跟電話時，都氣得想馬上不做了，但跟很番很盧很想叫他去撞牆的客戶溝通完，對方也接受之後，就覺得開心到全世界都突然陽光普照。

「妳真的很好騙。」這是可靜聽完我對工作的感想之後的感言。

說到可靜，應該來撥個電話關心她。

「您好……」可靜甜美的聲音從話筒那一端傳來。

「可靜，早安。」

「早安，跟張又晟和好了喔？」

心一驚。「妳怎麼知道？」

「張又晟的 FB 寫得一副甜甜蜜蜜的樣子，是想刺激誰？」

甜甜蜜蜜？我害羞地轉過頭，不對，這時候不是害羞的時候。「他寫什麼？」

「不會自己去看。」可靜發出不屑的哼聲。

「我上班不能看 FB，被發現要扣錢的。」

「等休息時間用手機看不就好了。」

「也對。」我想想也是，但為什麼要捨近求遠。「妳告訴我不就好了嗎？」

「等我心情好一點再說。」

「妳怎麼了？那個女老闆又找妳麻煩？」可靜工作的地方有兩個老闆，一個男的一個女的，男老闆對可靜非常好，但女老闆對可靜非常苛薄。這應該就是所謂的「性別歧視」。

「不是老巫婆啦。」

「那還有誰可以讓妳心情不好？」

「是最近約會的男人。」

「最近約會的男人？怎麼都沒聽妳說過？」

「妳有空聽我說嗎？不是忙著跟張又晟甜蜜，就是忙著發酒瘋。」

「對不起啦。」酒醉這件事我真的感到萬分抱歉。「妳不要再生氣了，怎麼？妳約會的對象不好嗎？」

「不是。」可靜的聲音聽起來真的悶悶不樂。

「那怎麼回事？」

「是太好了，到目前都沒有問題可挑剔。」

「那不是很好嗎？哪裡不好？」

「不好的是，我發現我好像先喜歡上他了。」

「這樣不好嗎？」

「不好，老巫婆進公司了，謝謝您的來電。」可靜說完不等我回答就掛掉電話。

接著換我思考：為什麼先喜歡上對方會是件讓人覺得悶悶不樂的事情呢？

啊，忘記問謝峻凱的事情。算了反正不重要，我也不想跟他出去，隨便回封信說沒空好了。

打開信箱，迅速地回信給他，跟他說不好意思明天晚上公司有事情要加班。

對謝峻凱不太好意思，不過他這個人著實讓我覺得不對盤，難道是因為我重外表的關係？但謝峻凱長得也不差，算是中上之姿。

可靜常說男人的長相對她來說不是最重要，對於金錢的觀念跟個性才是最重要的。

我是很贊同這句話，但長相對我來說還是有莫大的吸引力，像張又晟這種就大加分。

難怪可靜說我老是看臉不看腦。

「喂，昨天在公司門口等妳的帥哥是誰？」坐我隔壁的吳令云突然轉過來問我。「男朋友？」

「不是啦，是朋友。」我趕緊辯白。

「只是朋友嗎？」她很認真地看著我：「只是朋友的話，可以介紹我們認識嗎？我喜歡那一型的。」

好吧，這又是一個進退兩難的局面。

「我……他……」我腦袋此刻有點轉不過來，這時突然靈光一閃想起前幾天吳令云還在抱怨男友不夠浪漫，就說：「妳不是有男朋友嗎？」

「吵架啦，我想分手。」

她本來還想繼續講，但剛好我的電話響了，我萬分感激地接起這通電話：「您好……」

「傅小姐嗎？我要跟妳說，上次的訂單，你們產品送過來，怎麼瑕疵品一大堆啊？你們是怎麼做事的……」客戶劈頭就連珠砲似地一直講，完全不給人說話的時間，也沒告訴我他是誰，貨是哪一批，什麼東西，逮到人就這樣亂罵一通。

「您先稍等一下……」我換上最親切和善的語氣，開始解決問題。

等到處理完因為這通電話而衍生的各種問題之後，我累得往後靠在椅背上喘氣，每次有這種問題，都要跟客戶確認貨品，再跟工廠確認，要知道在哪個環節出了問題，通常電話都要繞來繞去，有時候人還得去工廠看，再去客戶那裡。

說是一成不變，也不像一成不變，說是很好的工作，又讓人常常很氣又很累。

生活，都是這樣的吧。

張又晟沒聊過他的工作，不過大約知道是金融業，財務類的工作，是精算師還是什麼的不太清楚，不過像這種跟數字為伍的人，腦袋都要特別清楚才行。

我老是記不住皮包裡有多少錢，常常要付錢才發現皮包裡只剩下零錢，有時還得趕緊找個提款機領錢，挺尷尬的。

因為我不擅理財，所以錢總是放在銀行跟媽媽的口袋，媽媽很厲害，她用我給她的錢幫我轉投資，現在獲利還不錯，但我一點也沒有遺傳到媽媽的腦筋。

姊姊這方面倒是比較厲害。

這陣子因為下班後常跟張又晟見面沒有回家陪她們，媽媽跟姊姊兩個都很不開心。

「有男人就沒有家人。」傅利臻故意挑釁。

「妹妹啊，有時候也要回家吃晚飯啊，媽媽都會燉補湯，多少喝一點。」媽媽端著水果出來。

「媽，妳不要管她，我們相依為命就好了。」利臻故意拉著媽媽的手，假裝感傷地說。

這兩個人演戲已經到達爐火純青的地步。

也因為這齣戲，所以今天下班要回家陪兩位親愛的女人吃飯。

啊，想著想著，眼角瞥到時鐘，才發現已經中午了，我得趕緊去覓食才行。

一走出公司門口，手機就響起。

「晚上約會嗎？」張又晟輕快地說。

「不好意思晚上我要回家陪家人。」我把老媽跟姊姊演的戲鉅細靡遺地講給張又晟聽。

他聽完一直笑：「妳媽媽跟姊姊好有趣，我可以跟妳回家嗎？」

跟我？回家？我聽見這幾個字腦袋一片空白。「為什麼？」

「醜媳婦總需見公婆。」張又晟依舊秉持著他胡言亂語的功力，現在聽到這種話我都不想認真，但無奈地還是有稍微心跳一下。

「白癡。」

「可以嗎？」

「我問一下我媽。」但基本上我媽不可能說不好，因為她昨天演了那齣戲的同時，也演了「好想知道妳的男朋友是誰喔」這齣戲，雖然我不斷強調他不是我男朋友，但她們兩個人仍然不相信。

掛掉張又晟的電話之後，撥了電話回家問我媽，果不其然地我媽開心得像是四周有蝴蝶在飛：「真的嗎？妳要帶他回來嗎？他喜歡吃什麼？媽媽來做。」

怎麼那麼偏心？我今天要回家吃飯，怎麼都沒有想到我愛吃的，就想到張又晟。

「我愛吃什麼，他就愛吃什麼。」我賭氣地說。

「唉唷，已經到這種地步啦，媽媽好開心，妳終於找到好歸宿了。」

「媽妳先停一停，他不是我男朋友啦！」

「怎麼會不是，都要帶來見媽媽了還敢說不是。」

「真的不是啦。」

「好啦不要害羞，既然這樣，媽媽要去買菜，今天晚上煮桌好菜請他吃。」

媽媽喜孜孜地掛掉電話，留下我在人行道上，淒涼地吹著風。

接著撥了張又晟的電話：「我媽說可以。」

「太好了，那我下午應該請假去理個頭髮，再買套西裝……唉唷要見家長好緊張喔。」

「白癡。」

「好啦那我下班去公司接妳一起回去？」他又回復那種沉穩的語氣。

「嗯。」有時候我真搞不清楚到底是說話不正經的那個人是真正的他，還是說話沉穩的這個人才是真正的他。

不過，不管是哪一個，我都還滿喜歡的。

自己講這種話，我都會覺得臉紅。

講完之後發現午休時間快過了，趕緊跑進便利商店點杯咖啡衝回公司，反正晚上有大餐可吃，中午少吃點沒關係。

回到公司，剛好聽見吳令云正甜甜蜜蜜地拿著電話在茶水間說：「嗯，好啦，知道，人家也愛你。」

令云是最近新來的員工，所以我跟她不是很熟，只是這畫面讓我忍不住想，我是不是常常把別人的話想得太認真？或許剛剛令云叫我介紹張又晟給她認識，只是種口頭上的聊天方式，或許不是真的想要劈腿認識張又晟或有其他意圖，而我把這句話當真，並且認真地思考該不該真的把張又晟介紹給她。

是不是太過認真？

或許應該學習張又晟那種輕描淡寫卻什麼也沒有回答到的方式。

在愛情的世界裡，或許不應該太過把對方的話當成壓力的來源吧，我可能常常不自覺地把話想得很嚴重，最後也只是讓兩個人都疲倦。

下午令云沒有再提起張又晟的事情，我也沒有提起。

做完今天該做的事情之後，偷閒到茶水間泡杯咖啡等下班。

好喜歡這種忙碌完後的放鬆，來自於工作的成就感，或許是我能給自己的少許肯定。

回到座位上，開始慢條斯理地整理桌面上的雜物，便利貼、各式各樣的筆、報價單、出貨單、各式報表，還有內部公文，習慣用很多不同顏色的便利貼標籤，不同項目用不同顏色，這樣忙起來的時候就很容易找到資料，雖然現在很多資料都電腦化，但有些紙本文件還是免不了。

我自己尤其喜歡在紙上寫字的感覺，勝過於坐在電腦前不斷打字。

總覺得打字速度的確可以比較快，可以增加效率，但那種手寫的感覺實在讓人著迷，雖然以前都用手寫的時代，會覺得寫得快發瘋，手都要長繭了，但現在科技進步，全都用電腦取代，我又有種失落感。

這就是人類的矛盾。

邊整理桌面，邊看看還有沒有新的郵件，通常會有些人趕在下班前最後寄一次信。

啊果然有。

想說下班前把這件事情處理好，正在寫信的時候，手機響起。

「下班囉。」是張又晟的聲音，聽起來比咖啡更撫慰人心。「我在樓下了。」

「這麼快？」我驚呼，這才發現又已經快六點，看來我也挺會拖時間的。「等我一下。」

索性把信件先關掉，明天早上再回好了，反正對方也是下班時間才寄來的。

迅速地把東西收拾好，跟其他還沒下班的同事道別，腳步輕快地下樓。

是因為張又晟在樓下等我，所以心情愉快嗎？

到了樓下一看，咦？張又晟旁邊站著個……謝峻凱？

雖然覺得有點怪，但還是硬著頭皮走過去。

「哈囉，不好意思，剛剛整理了一下公文。」這不是謊話，真的在整理。

「沒關係。」張又晟露出和煦的笑容，這時候倒是看不見他耍幼稚。「剛剛碰到峻凱……」

「喔？謝先生路過嗎？」原來是碰到的，我還以為他為什麼要帶謝峻凱一起來，這不就很怪嗎？

「不是路過。」謝峻凱也是帶著微笑。「我是來等妳下班的。」

為什麼？「怎麼了嗎？」我小心翼翼地問。

偷看了一下張又晟，他臉上倒是沒有太多的表情。

「想說來找妳吃晚飯。」

「可是……」我有點苦惱地說：「你沒有跟我說，我不一定有空耶。」

「妳要跟又晟去吃飯嗎？」

「是啊。」「可以這麼說。」我跟張又晟的答案不太一樣。

「我可以去嗎？大家好久沒有一起吃飯。」

「不行。」「不方便吧。」張又晟的答案稍微比我委婉些。

我趕緊補充：「今天是我媽作東請客，所以不太方便。」

「跟媽媽？」這下換謝峻凱的臉上顯露出驚訝。

「是啊，不好意思伯母在等，我們得先出發了，先走囉。」張又晟拉起我的手，

也不等謝峻凱說什麼轉身就走。

本來還想跟謝峻凱講些什麼，結果硬被拖著走。

走到看不見謝峻凱的身影後，我停下腳步：「你在生氣？」

張又晟很少這樣子硬拉著我，平常雖然都是他拉著我，可是都在我身前大概半步，他說這樣子的距離比較剛好。

今天不一樣，他幾乎是拖著我走，所以猜想他似乎不太開心。

「老謝從昨天就不知道在發什麼神經，我寫了FB說要跟妳去吃飯，結果他就傳訊息一直問我跟妳去哪裡？吃什麼？為什麼找妳？煩了我好久，後來我把視窗關掉不理他，他還打電話給我。」張又晟聽起來果然不太開心。

「他有寫信問我明天可不可以跟他一起吃飯。」

張又晟笑了。「妳回答什麼？」

「你知道的，我真的不太知道要怎麼跟他相處。」

「也是，他最近怪怪的。以前不會這樣，自從跟前女友分手之後，個性有點變。」

「前女友？發生什麼事情？」

「不太清楚，他本人沒說過，不過根據小道消息，好像是前女友劈腿，拿了老謝很多禮物很多錢，後來跟別人結婚了。」

這麼可憐？「那我們應該要當他的朋友才是。」

「我原本也這麼想，所以他當時說去相親要找陪客，我才答應他，不然平常我才不去這種尷尬的場合。」

「還好你有去。」這句話脫口而出，說完立刻後悔，肯定要被張又晟笑。

「唷？」果不其然，張又晟奸詐地笑了。「我就知道妳暗戀我。」

「白癡。」通常面對這種我無法承認又不能反駁的話時，我只好罵他白癡。

回程的路上，我突然緊張起來。

這好像是第一次帶男人回家跟媽媽吃飯。

沿路提心吊膽，不知道狀況會如何。

結果踏進家門沒多久，張又晟就用他死皮賴臉的甜言蜜語攻破媽媽的心防，傅利臻也難得露出笑容面對他，這才發現原來我的擔心全都是多餘。

張又晟真的具備討好婆婆媽媽的怪招，才沒十分鐘，就跟我媽感情好得不得了，左一句阿姨右一句阿姨親親熱熱地叫個不停。

「阿姨妳好厲害，煮的每道菜都超好吃，比外面賣的更道地更美味。

「利嘉真的是人在福中不知福，這麼好吃的飯菜，我一定天天準時下班回家吃飯。」

每一句話都說得我媽心花怒放，直往他碗裡夾菜。「多吃點，你太瘦了。」

媽！我也很瘦，為什麼不夾菜給我？我拿著碗深刻地感受到所謂的偏心是什麼樣的狀況。

「誰知道是不是口蜜腹劍，來乾一杯。」我姊傅利臻最愛找人喝酒。「酒後才知道你的人格。」

這是姊姊的座右銘，叫做「酒後見真章」，雖然這句話好像不是這樣使用的，但姊姊總是解讀成「一個人真正的人格特質要到喝醉酒之後才會出現」，但不知道為什麼，姊姊這句話還真準，每個跟她喝過酒的，她都可以深知對方的個性。

難道酒裡有加霍格華茲的「吐真劑」嗎？

「姊姊，乾杯乾杯。」張又晟也跟著姊姊、姊姊的亂叫。

「妳要喝嗎？」姊姊問我。

我搖頭。「不要吧。」

「放心，姊姊會保護妳的，喝吧。」傅利臻還真的鐵了心，硬是把紅酒推到我眼前來。「這很好喝，甜的，妳會喜歡的。」

紅酒入喉，還真的很甜，一轉頭，赤玉一千八百毫升的玻璃瓶矗立在桌上，傅利臻該不會今天想喝完這瓶吧。

張又晟就這麼邊讚美媽媽，邊跟姊姊拚酒，但中間還可以顧到跟我聊天，也算是八面玲瓏，媽媽真的很開心，為了張又晟，去冰箱翻出她精心製作的「醉雞」。

說到醉雞，以前我爸還在的時候，總是每星期會固定出現在餐桌上，我爸說這人世間只有媽媽做的醉雞味道最好，爸爸走了之後，餐桌上就幾乎沒有出現過這道菜，因為我們姊妹都不愛吃。

今天會有，可能是因為前些天是爸爸的忌日，媽媽做了祭拜完爸爸後放在冰箱裡吧。

張又晟可以吃到這道菜，真是運氣很好。

媽媽把醉雞端上桌，夾了塊肉給張又晟，他也笑笑地吃下去，一吃之後他驚為天人，直說：「這味道好棒，阿姨妳真的很厲害，我從來沒吃過這麼好吃的醉雞，這世界上應該只有妳會做吧。」

媽媽聽到這句話，楞了一下，接著說：「好吃，就多吃點。」

話還沒說完，眼眶就紅起來，隨即轉身走進廚房。

「怎麼回事？」張又晟有點錯愕地看著我。

「沒事，晚點再跟你說。」

「乾杯乾杯！」傅利臻不斷地灌酒。

大概兩個小時後，我們吃光了所有媽媽煮的菜，也喝完那瓶大赤玉，三個人都臉紅紅地倒在客廳沙發上。

雖然感覺天地都在旋轉，但好快樂。

「阿姨謝謝。」張又晟對我媽道謝。「我很小的時候媽媽就過世了，一直都沒機會吃吃看媽媽的菜會是什麼味道，今天真的很開心能認識阿姨，原來這就是媽媽的味道。」

「喜歡的話以後常來吃，阿姨天天都有煮飯。」

「謝謝阿姨，阿姨可以抱一個嗎？」張又晟問完之後，我媽雖然很驚訝，還是點頭，張又晟給了我媽一個擁抱。

「這就是跟媽媽擁抱的感覺嗎？阿姨，謝謝。」張又晟自言自語，接著我媽跟張又晟眼裡都稍微出現了水氣。

喝完酒之後會透出真性情果然不是假話。

平常看起來很愛亂開玩笑的張又晟，竟然也會有這樣溫情的一面。

我以前都不知道他家庭狀況，今天知道了一點點，卻覺得他過得好辛苦。

他應該很渴望媽媽的笑容跟擁抱吧，這跟我思念爸爸的心情應該是一樣的，只是我比較幸運，成人之後爸爸才離開我們。

「不錯，合格了，過關。」傅利臻也開心地笑，我看她是喝醉了。「我妹就交給你，要好好照顧她。」

「好的，謝謝姊姊。」張又晟也跟著道謝，他臉紅得跟桌上的西瓜有拚。

等下，傅利臻，誰允許妳擅自下結論的？張又晟你謝什麼？這什麼跟什麼啊？

媽媽第二次走進廚房，看來又是去擦眼淚，今天真是充滿眼淚的飯局。

「我不行了。」傅利臻站起來衝進廁所，看起來是要在裡面待上一陣子。

「你還好嗎？」我靠近張又晟。

「還OK，我休息一下就回家。」

「沒關係，如果累的話，在這兒睡一晚，明天洗個澡再上班吧，衣服現在換下來阿姨幫你洗。」我媽從廚房走出來，鼻頭紅紅的。

我沒聽錯吧？天要下紅雨了？這個說話的人是我媽？

這偌大的家裡已經好多年沒有男人晚上留在這睡覺，今天要為張又晟破例嗎？

「不用，真的不好意思，我休息一下就回去。」張又晟倒在沙發裡，閉上眼睛。

「那你休息一下，利嘉妳去拿條薄被替又晟蓋著。」我媽把客廳的燈調暗，接著走回自己房間去了。

牆上的時鐘指著十一點，一家子吵吵鬧鬧吃飯喝酒，不知不覺也這麼晚了。我今天喝得不多，不像張又晟跟傅利臻兩個人一直乾杯乾杯，兩個人都快倒下。

走回房間拿了條洗好的薄被，回到客廳時，聽見張又晟均勻的呼吸聲，該是睡了吧。

把薄被輕輕地蓋在他身上，調整電風扇的位置，接著，我就傻傻地坐在沙發旁邊看著他的睡臉。

沒這麼近看過他，今天仔細地端詳他的臉龐，發現他的睫毛真的很濃密，跟隨著呼吸，輕輕地顫動著。

從頭髮、眉毛、睫毛、眼睛、鼻子一路往下看，他的嘴唇。

我忍不住吞了一下口水。

儘管不知道為什麼自己會有這樣的動作，但此刻我有種罪犯的感覺，好像自己正藉著他人毫無反抗能力的時候偷窺他的秘密。

「我喜歡你。」我用氣音輕輕說著。

「妳要偷襲我嗎？」講完之後，張又晟突然閉著眼睛說出這句話。

我應該嚇得後退，可是我沒有，可能是知道他喝醉了，明天醒來應該也不會記得吧。

「如果妳要偷襲我，我會假裝不知道，妳可以儘管偷襲。」張又晟用略帶低沉的嗓音含糊地說著。

「嗯我知道。」我輕輕地回答他。

不知道是因為勇氣還是因為酒膽，我真的偷親了他的臉頰。

當嘴唇碰到他臉頰的時候，有種熱熱的觸感，呼吸中可以聞到他喝下的紅酒氣息。

接著，他轉過頭，把嘴唇印上了我的。

□

隔天六點，平常絕對不可能醒過來的時間，我醒了，第一個反應就是先走出去看張又晟還在不在。

沙發上的身影依舊，陽光透過緊閉的窗簾縫隙，偷跑進來一些。

昨天晚上的畫面，突然跑進我腦海裡。

不是第一次跟人接吻，卻是第一次有那樣的感覺。

被愛著的感覺。

有點虛幻，卻又有些真實的感覺，好像過了今天我們都從昨天的關係更前進一步，但又不覺得有負擔。

我希望他忘記昨晚，又希望他記得昨晚，非常矛盾的心情。

梳洗完畢之後，我媽也已經起床煮好早餐，簡單的清粥小菜，飯菜香四溢。站在廚房裡看著餐桌，是啊，平常怎麼都沒有發現媽媽的飯菜這麼香這麼好吃，竟然還要經過張又晟的點醒，才發現自己這陣子有多麼少回家吃飯。

「媽，謝謝妳。」我抱住媽媽。

「一大早發什麼神經？」媽媽雖然嘴巴上這麼說，卻還是拍了拍我的背。「把又晟叫起來吧，大家都來吃早點。」

才走到客廳，就發現躺在沙發上的張又晟不知何時已經醒了正看著窗外出神，他的側臉被陽光照得發亮，讓我想起平常在對街偷看他的樣子。

給人溫柔、平和的安詳感。

可以讓人平靜下來的力量。

「早安。」我輕輕地開口。

張又晟像是老早就知道我在這裡般，頭也沒轉過來，就拉出微笑曲線說：「早安。」

「又晟啊，去洗個澡準備吃早餐。」我媽走過來，手上拿著張又晟昨夜換下的衣物。「衣服阿姨洗好了，等下穿上吧，這是毛巾。」

「謝謝阿姨。」張又晟從沙發上起身走進浴室裡。

我拿著他蓋過的薄被走進房間，這薄被有種不一樣的味道。屬於男人的，紅酒的，還有昨夜記憶的味覺。

早餐時，餐桌上氣氛意外安靜，只剩下禮貌的彼此交談，大概是昨夜的一切褪去之後回到了原處。

「阿姨，謝謝妳。」我跟張又晟離開家門前，他對著我媽深深鞠躬：「我真的很感謝妳昨夜讓我感受到媽媽的溫暖。」

「謝什麼，以後想來，就跟利嘉一起回來吃飯。」媽媽微笑，媽媽只有兩個女兒，或許張又晟的到來，稍稍彌補了她沒有兒子的那份空缺。

每個人，都希望能找到生命裡能填補自己空缺的那塊基石。

跟張又晟在捷運站分開，他先送我上車，看著他在月台微笑跟我揮手的瞬間，突然覺得有點難過。

我是怎麼了?現在就開始患得患失起來?

到了公司，屁股都還沒坐熱，電話就來了。「傅小姐，昨天傳給妳的信件看到沒?」

「不好意思，請問您是……」就是有人打電話來永遠都覺得別人可以一聽就認出自己的聲音，老是不先說自己是誰，我也不是一天只處理一個客戶，為什麼不能先報公司跟名字呢?

「我是禾威的小董，昨天發給妳那個估價單，看了沒有?」

打開信件匣，啊，這是昨天下班後收到的那封信。「剛打開。」

「怎麼會剛打開？！我昨天就寄了耶！妳為什麼沒看？我不是說很急很急要馬上處理嗎？妳到底在搞什麼？耽誤我的時間延誤我們公司的進度，妳要負責嗎？」對方口氣很差，態度更差。

「不好意思，董先生，您這封信我收到的時間是昨天下午五點四十五分，那時候我已經下班了，如果您趕時間，下次請您早點通知我，或者是在上班時間先用電話聯絡，這樣才不會耽誤您的進度。」我盡量好聲好氣、語氣委婉地表達，其實大意就是如果趕時間，請在「上班時間」聯絡好嗎？

「傅小姐，沒處理就沒處理，幹嘛說謊，我那封信老早就寄了啊，妳看我這邊寄出的時間明明是五點，妳怎麼會五點四十五才收到呢？妳應該時時刻刻都要收信啊，就算下班了也可以用手機收信啊，怎麼可以推說下班就不知道，妳這樣很不負責任。」

「不好意思，董先生，我在上班時間內都會隨時注意有沒有新信件，既然是下班時間寄來的信，當然是隔天才處理，如果您真的很急，昨天就應該先電話聯絡才是。」我也開始有點火大，這種把過錯都推到別人身上的人，肯定不會有什麼好發展的。

「妳現在是在怪我嗎？我明明很早就寄了，是妳不負責任不把事情處理好，現在還推卸責任，妳主管在哪裡？把電話轉給他，叫他來啊！我來跟他談，妳這是什麼態度，會不會處理事情，我公司如果有損失，妳就算去賣也賠不起！」

講這什麼話？「董先生，請你就事論事，不要做人身攻擊。」

「我XX，妳以為自己%$#&@……」這個人開始毫無理智地罵髒話，我把話筒拿遠，按下保留鍵，撥內線跟經理報備，經理叫我先把電話轉給他。

大概五分鐘後，經理撥內線叫我進他辦公室。

一進去，經理問我：「利嘉，發生什麼事？客戶很生氣。」

我把今天早上的電話內容大略交代一次，自認並沒有什麼不妥之處。「經理我們的電話現在都有錄音，可以去調出來聽，我從頭到尾沒有不敬的意思，信件的確是下班後才收到的，並不是我不處理。」

「但我看你昨天下班打卡時間在收信時間之後……」經理說。

「是，我是整理好要下班之前又看了一次信件，那時候有看見新信件，不過因為跟朋友家人都已經約好了，沒有時間立刻處理。」

「客戶那邊現在認為妳是故意不處理，情緒很激動，妳要不要先打個電話跟客戶道歉？」

「經理，他罵我髒話耶。」我音量略微提高：「不論是怎麼樣，罵人髒話都不對，難道不應該是他先跟我道歉嗎？更何況我從頭到尾沒有做錯什麼。」

「嗯……」經理低頭思考了一下：「不然這件事後續我讓其他人來處理，也希望妳下次如果下班前收到急件，要記得先報備或者是先處理，妳昨天要下班的時候辦公室應該還有同仁在吧？」

「有。」我記得那時候應該還有三、四個人吧。

「該處理的事情，如果不差那幾分鐘，是應該先處理，下次要注意。」經理交代完之後示意叫我先出去。

言下之意是說我錯在先嗎？只因為對方是客戶，所以罵人髒話都沒有責任嗎？

走出經理室回到座位上，我氣到手都還在發抖，拚命深呼吸忍住眼淚，後來索性起身走到茶水間，還好此刻茶水間沒人，泡了杯很濃的咖啡，咕嚕咕嚕喝下去之後，慢慢地呼吸，才停住那種想要發洩的怒意。

我知道工作就是這樣，也不是第一次遇到難纏的客戶，但第一次被用髒話這樣罵，還被要求道歉，這讓我說什麼也不能接受。

我絕對不道歉，就算拿炒魷魚來威脅我，我也絕對不道歉。

看開點，工作再找就好。

工作再找就好。

繼續在茶水間進行幾次深呼吸之後，回到座位上，聽見某個同事正在講電話：

「不好意思，您所說的價錢公司這邊實在無法……」

肯定也是遇到難纏的人吧。

生平第一次想要辭職，但還是忍下來。

媽媽常說退一步海闊天空，今天我退了一步，或許改天別人也會為我退一步。以前媽媽總是教我吃虧就是佔便宜，雖然我到今天還不瞭解這句話的真正意涵，但我還是盡量在生活裡做到不佔別人便宜，但我還是不喜歡吃虧，特別是像今天這種擺明了欺負人的虧。

午休時間，趁著吃飯的空檔，拿起手機想撥電話給張又晟一吐怨氣，但又想到自己或許不應該打這通電話，打了代表什麼？我遇到很生氣的事情，所以需要他的安慰嗎？我為什麼會想到他呢？

正望著手機發呆時，它倒是自動自發地震動起來。

是張又晟，看著來電顯示我突然微笑起來，隱約覺得我們是有默契的。「吃飯沒？」

「還沒。」我回答：「心情不好。」

「怎麼了？」他問。

我簡單地把早上的事情交代一次，張又晟聽了之後就說：「來來來給我名字跟出生年月日，我去詛咒他。」

我笑了，雖然聽起來是很好笑的方式，但可以發洩怨氣。「好啊我回去找。」

「用髒話罵女生太沒水準了。」

「是吧。」

又聊了幾分鐘，掛掉電話之後我心情就突然間恢復平靜。

回到辦公室的時候，我主動進經理室，表示雖然我不認為自己有錯，但願意跟對方再進行溝通，把後續的事情處理好，其實他要的東西不難，影響也不大，可能只是因為早上兩個人一開始的口氣都不太友善，才會發生這種討厭的事情。

討厭妥協，但在這世界上有誰真能不妥協。

鼓起勇氣打電話給對方，電話一接通聽見他的聲音有點想掛電話，因為心裡還在意，但想起媽媽說的話，於是深呼吸，慢慢地把事情繼續講完。

對方後來發現自己的信件的確是比較晚寄，而且說真的不是什麼非常重要的事情，所以他也直接了當地道歉。

沒想到事情解決得意外順利。

或許，在人生每一個情緒的高點，都需要好好地拿出勇氣面對，不論是好事，或者是壞事，最後都會結束的。

事情都會過去，會把事情永遠都記著的，是人。

因為解決了這件事，突然覺得肚子餓起來，中午因為心情不好只喝咖啡，現在可能胃也覺得輕鬆起來所以餓了。

離下班時間還有兩小時，說長不長，說短也不短，真尷尬，公司下午有時會訂點心來吃，不過今天大家好像都沒動作。

好吧只好等下班。

心情大好地開始處理其他的事務，突然覺得其他的工作都變得簡單起來。

但隨著下班時間越來越近，胃也跟著越來越不舒服，先是悶悶的，接著抽痛，現在則是不間斷地痛，我用手按著胃，想去茶水間泡杯牛奶先喝。

才站起身來，令云剛好看見我，她驚叫：「利嘉妳臉色白得像鬼，怎麼了？」

她這一叫，其他同事也都看過來，幾個人趕緊過來扶著我，令云跑去幫我泡牛奶。

她端著牛奶回來的時候，我默默地選擇遺忘她說想要認識張又晟的玩笑話。

一口一口把牛奶喝完之後，令云擔心地看著我：「還好嗎？」

「還……還好。」我勉強擠出話。

「但妳臉色真的很蒼白，而且在冒冷汗耶。」她伸手按了按我額頭跟太陽穴。「我去跟經理說。」

還來不及阻止她，她已經跑去經理室，沒多久，經理跟著她走過來，一看見我，經理也馬上說：「快叫救護車，帶她去醫院。」

我是不知道自己臉色有多難看，可以讓經理看一眼就馬上叫救護車載我去醫院。

坐在救護車上是種奇特的經驗，我覺得自己胃痛到快要死掉，身體裡面好像要燒起來，但旁邊有人不斷地鼓勵我：「加油，撐著點，就快到了，妳不會有事的。」

這人真好，真想看清楚他的名字。

正想張大眼睛看清楚，才發現視線好像有點模糊。

這時候手機在我口袋裡震動起來，我仲手想拿，卻發現拿不出來，旁邊的人員發現我的動作幫忙拿出電話講起來：「不好意思，你要找的人現在在救護車上，請晚點再跟她聯絡。」

到達醫院之後，我被推去照X光、抽血，打點滴、打針，不知道多久之後，我躺在急診室的病床上，覺得胃不再那麼痛。

「利嘉，還好嗎？」媽媽突然從不遠處走過來。

「媽？妳怎麼會在這裡？」

「公司通知我的。」媽媽拿熱毛巾幫我擦臉。「剛剛問醫生，醫生說目前檢查沒有什麼大毛病，有點胃酸過多，但不嚴重，他也說有可能是心因性的，妳有什麼壓力或是生氣的事情嗎？」

聽完媽媽這樣問，想起今天的事情，或許也有可能吧，不確定。

「不知道，媽我想休息。」
「好好，妳休息。」
閉上眼睛，但始終無法真的入睡，急診室太嘈雜。
過了不知道多久，迷迷糊糊中好像聽見張又晟的聲音：「阿姨，利嘉還好嗎？」
「你怎麼會來這裡？」
「我打給她的時候，她正在救護車上，問清楚醫院之後，我下班就趕過來了，醫生怎麼說？」
媽媽把我的症狀跟張又晟說，他聽完之後，跟媽媽說了今天早上客戶那件事。
「難為這孩子了。」媽媽嘆氣。「她總是這樣，有事總是忍，自己悶在心裡難過。」
媽媽，妳不是教我要忍，怎麼現在又說我老是忍？
「她應該只是怕妳擔心，阿姨妳不要想太多，醫生說沒事，就不會有事。」
「接到電話我真的嚇死了，趕緊搭計程車過來，還好她沒事，我只剩下兩個女兒……」媽媽講話聲音有點哽咽。

媽妳不要這樣，我在裝睡，妳這樣我會想哭，萬一我哭出來，大家就知道我裝睡了啊。

「阿姨，請放心，我很喜歡她，會好好地照顧她。」張又晟對我媽這麼說。

嗯，喜歡她。

喜歡我？

我差點睜開眼睛，但還好沒有，這是告白嗎？在我睡著的時候對我告白嗎？要不是我裝睡，不就錯過了這精彩的告白？

這怎麼辦？我該醒過來接受，還是應該繼續裝睡？萬一他以後不告白了怎麼辦？

「阿姨看得出來，希望你要好好對待利嘉，她以前老是遇不到好對象。」

「不過她現在還不知道，請阿姨不要跟她說好嗎？我想自己告訴她。」

「她還不知道？」我媽的聲音帶著懷疑。

啊我真的好想睜開眼睛看，但是不可以。
「是啊她還不知道。」張又晟的聲音有笑意。
什麼？我現在躺在病床上生死未卜，你們竟然就在我旁邊談笑風生，這樣對嗎？
「傅利嘉的家屬嗎？請跟我來一下。」媽媽被聲音很好聽的護士小姐帶走了。
感覺到有人走到我床邊，但一直都沒有動作，也沒有聲音。
我很緊張，感覺自己的心跳聲漸漸變大，希望不要被聽見。
突然，我的手被兩隻手緊密地包圍起來，溫熱的感覺立刻傳過來。「手好冰啊妳。」
這是他在我旁邊唯一說的一句話。
後來，就只是握著我的手，緊緊地握著。
伴隨著令人安心的溫熱，我也真的緩緩沉入夢鄉。

救護車事件之後，張又晟對我的態度開始變得有些不同，雖然講話還是一樣不正經，但明顯地非常關心我的狀況。

像現在，才剛中午十二點過三秒，手機準時響起。

「中午了，吃飯沒？不吃打妳喔。」

「要去吃了要去吃了。」

「快去。」講完之後就把電話掛了。

這是哪門子的體貼？要不是我偷聽到他的告白，這種關心怎麼能讓人感受到喜歡呢？頂多感受到多出一個媽。

雖然抱怨歸抱怨，心裡還是覺得很甜。

雖然沒有當面說過喜歡，雖然我們什麼也都沒有承諾，但或許就某方面來說，我們已經在一起了。

自己想一想都覺得厚臉皮，哪有人自己覺得這樣就叫在一起。

走出公司沒有多久，手機又響起，是可靜。「可靜午安，吃飽了嗎？」

「我在妳公司附近耶，一起吃飯？」

「好啊。」我開心地答應，想想也很久沒跟可靜吃飯。

到達跟可靜約好的咖啡館，發現她已經在座位上等我，趕緊入座。「抱歉，等很久了嗎？」

「不會啦。」可靜笑笑。

「怎麼會到這附近？」

「處理客戶的事情剛好來這邊，順道找妳吃飯。」

點完餐之後，我跟可靜喝著冰涼的拿鐵，頓時覺得夏天的暑氣都消去一大半。

「對了，妳上次說有喜歡的人，結果怎麼樣？」想起之前可靜說的事情，趕緊八卦一下。

「結果沒有了。」可靜嘆氣。「因為那不是相親認識的，是參加朋友喜宴，朋友介紹給我的，出去幾次後，男生感受到我想以結婚為前提交往的心情，沒幾天後就沒消沒息了，我也沒再打電話找他。」

「怎麼不打電話問一下，搞不好是有理由的，例如出差啊出國啊。」

「能有什麼理由？」可靜翻白眼：「男人不想要安定下來都是那個樣子，吃飯很浪漫、看電影很浪漫、甜言蜜語不斷，但說到結婚，這男的馬上會想：『媽啊這女的瘋了不成？快離她遠點。』」

邊聽邊想有這麼誇張嗎？

結果聽完可靜的話就邊想起我跟張又晟的狀況，還擅自比較了起來。

「發什麼呆？在想妳跟張又晟喔？」

「耶？」可靜也有讀心術嗎？我還以為只有張又晟有。「妳怎麼知道？」

「妳什麼東西都寫在臉上，加上那個噁心的笑容，很難不被發現。」可靜吃著送上來的義大利麵。「怎麼，最近妳跟他還好嗎？」

可靜問完之後，我把最近的事情，從我家晚飯到救護車，全都老老實實地跟可靜說了，可靜越聽越開心，臉上的笑容也越來越燦爛。

「太好了，恭喜妳。」聽完後她這麼說，後來像是突然想起什麼。「對了，謝峻凱他……」

「他怎麼了？」

「妳跟他有怎麼樣嗎？」可靜有點疑惑地說：「他最近常打電話問我妳的事情，我覺得怪，很少正面回答他，可是他後來就會生氣說我這是什麼朋友，怎麼會什麼都不知道。」

「生氣？」有點難想像謝峻凱感覺那麼溫和的一個人也會生氣。

「嗯。」可靜偏著頭思考了一下：「我最近接他電話的時候覺得他怪怪的，說不上來哪裡怪，但總是追問妳的事情，這股執著有點不太對，明明沒有相處過幾次。」

想起張又晟說過謝峻凱因為跟前女友分手而性情大變，順便也跟可靜提了一下。

「反正妳要小心點，我總覺得哪裡怪怪的。」

「不好意思……」服務生走過來對可靜說：「坐窗邊的先生說要請這位小姐喝杯飲料，不知道小姐想喝什麼？」

真好，連吃個飯都有人請喝飲料。

跟可靜度過了愉快的午餐時光後，回到公司繼續上班，想說不然今天換我去等張又晟下班，給他一個驚喜好了。

想到就覺得開心。

之前總是在約定好的地點附近偷看他的那種小劇場，讓我看見他安定沉穩的一面，我很喜歡他這樣的特質，儘管他現在在我身邊也會表現出這種安定沉穩的氣息，但我真的很喜歡靜靜地看著他。

這個小秘密我還沒有讓張又晟知道。

萬分期待地到了下班時間，一走出公司大樓門口，發現謝峻凱正在門前的噴水池佇立。

一看見我，他立刻走過來：「哈囉，利嘉。」

「利嘉？」我心裡想：「怎麼現在講話不會不好意思地結巴，還直接叫我利嘉？」

雖然他本人沒做什麼，但聽完張又晟跟可靜的話之後，開始覺得心裡有點防備。

「嗨，下班經過啊？」我故意這麼問。

「不是，我來等妳下班。」謝峻凱露出笑容，感覺很是平易近人。

「為什麼？」

「想約妳吃飯啊。」他講得一副很理所當然的樣子。

「不好意思我要回家吃飯。」我也露出抱歉的笑容。

「那我可以跟妳一起去嗎？」沒想到謝峻凱竟然這麼問我。

耶？厚臉皮？這樣不好喔謝峻凱，我露出抱歉的笑容，委婉地說：「我想……不太方便吧。」

「會嗎？」他倒是一臉不在乎：「那張又晟為什麼可以去？」

我心裡一驚，他怎麼知道張又晟有去過我家？上次我只說是我媽當東道主請客吃飯，沒說去我家啊。

我小心翼翼地回答：「你誤會了吧。」

「哪裡有什麼誤會？」謝峻凱還是繼續微笑：「我親眼看著你們有說有笑地走進公寓，難道公寓裡有餐廳嗎？」

他跟著我們？！

這下子我心裡開始有點不太舒服了，這時候我手機響起來，一看是張又晟，我趕緊接起來：「喂……」

話都還沒開始說，手機就被一把搶過，謝峻凱拿著我的手機說：「跟別人講話的時候接手機很不禮貌，妳知道嗎？」

我看螢幕畫面還停在通話，沒有掛斷，於是大喊說：「謝峻凱先生，你為什麼來我公司說這種話？接電話是天經地義的事情，請稍等我一下可以嗎？」

希望張又晟會聽到，然後快馬加鞭地趕過來，我聽到謝峻凱跟著我之後，就開始有點發抖，並注意大樓警衛現在人在哪裡，準備隨時有狀況往他那裡衝過去請他保護我。

「不可以。」謝峻凱慢條斯理地微笑著，接著無預警地把手機朝著我的方向，重重地砸落到地上。

我嚇呆了，雖然也是心疼我的一萬多塊就這麼報銷，但更大的恐懼是因為眼前這個我根本不熟悉的男人。

為什麼會突然變成完全不認識的樣子？

「妳們女生總是很愛說謊，嘴巴裡說不好意思今天要加班，下次再跟你約好嗎？卻在下班後馬上跟另外一個男人挽著手親親熱熱地去吃飯，明明說跟媽媽一起聚餐，卻兩個人一起回家去，誰知道你們回家都在做什麼？」謝峻凱的笑容隨著他說的話漸漸消失，取而代之的是上揚的怒氣。「女人怎麼都這麼愛說謊？妳明明看起來很乖巧啊，為什麼還是愛說謊？」

我開始慢慢地後退，試圖還是好好地跟他講道理：「謝先生，說真的我也跟你不太熟，只出去過兩次，有次還是因為妳跟可靜的相親約會……」

「我就是不想要找梁可靜這種型的啊，又漂亮又能幹，到哪裡都有男人注意她，這種女人肯定出問題，花枝招展的，誰知道哪天會跟人跑，所以我才選妳，感覺比較安全，看起來也比較會持家的樣子，誰知道妳比梁可靜更慘，還敢花我的錢讓我請妳吃飯！」謝峻凱的音量開始提高，希望警衛先生有注意到。

所以言下之意是我長相比較安全？個性比較居家？但男人只靠外表來評斷這件事情也太武斷了吧。

「我常常跟著妳，看妳是不是都有老老實實的，誰知道妳嘴巴上說沒空說加班說有事，全都是假的，枉費我還那麼有禮貌那麼客氣地問妳，結果呢？妳對我不誠實，跟張又晟出去吃飯逛夜市看電影，還手牽手，這些事情妳都沒有說，教我怎麼放心相信妳呢？」

好恐怖，他真的跟蹤我，這人是不是生病了？

稍微轉頭，想確認一下警衛先生的位置。

警衛先生，我平常出入大門口都很有禮貌地跟你打招呼，等下你可要掩護我，不要跑得比我還快啊。

「說真的，其實可靜比我還會持家，燒得一手好菜，家裡又窗明几淨。」我其實不知道該回什麼，只是現在應該讓他先冷靜下來，他冷靜，我才會比較安全一點，是不是？

開始有點不能思考，我好害怕。

我不知道面對這種人要怎麼辦？他會怎麼樣？這裡人來人往的，他不敢做出不應該做的事情吧？

「哼，我一看就知道她根本什麼也不會，只會花男人的錢，叫男人送她名牌包，吃高級餐廳，去國外旅遊，這些手段我看多了！妳們都是騙子，還以為只有漂亮的女人愛說謊，原來這年頭連醜的也愛說謊了。」

醜的？醜的？雖然很害怕但還是忍不住生氣了。「謝先生，請你冷靜點，不是所有女生都這樣的。而且我不醜，你不要亂罵人。」

謝峻凱撇開頭，轉動脖子：「妳知不知道請妳吃飯的意思，我付錢請妳吃飯，妳就要心存感激，妳吃了一頓飯之後就搞消失，這叫欺騙。我最痛恨欺騙，妳知道嗎？沒關係，妳不知道。所以後來我約梁可靜出來，想瞭解一下妳，到底妳平常是不是很乖很老實，還是跟我看到的一樣說謊成性？沒想到那梁可靜什麼都不知道，這個也不知道那個也不知道，明明妳跟張又晟老是手牽手，她卻說她不知道你們常見面。我這下子才終於瞭解到，原來妳們都在騙我，妳說謊，梁可靜也說謊，妳們這兩個女人狼狽為奸，真是無恥！」

旁邊開始有人經過之後停下腳步，議論紛紛地往我們這裡看過來，很好，有人注意到我們了，雖然我還是在發抖，雖然我還是不相信這社會有什麼公理正義存在，但至少此刻我對人性還抱著一絲絲的希望。

他向我逼近一步：「為什麼女人都要說謊，妳明明就看起來一副老實樣，為什麼學會了用男人的錢，讓男人請客吃飯之後卻對人不理不睬，妳應該要回饋我一下啊。怎麼可以利用我？妳是不是也這樣欺騙張又晟？我前幾天也想告訴他不要被妳欺騙，但後來我忍住了，被騙是他的選擇，我不想干涉人家。」

「我……」腦袋裡很多話想說，卻又怕說出來刺激到他，他的表情讓我想到電影裡會殺人放火毀容的恐怖情人。

「閉嘴！妳想說什麼，啊，是不是想解釋？沒關係，我人很好，妳不用解釋。說謊就乖乖地認錯，我會原諒妳的。」謝峻凱指著我的鼻子說：「只要認錯，從今以後乖乖跟著我，不要再欺騙我，就不會有事，知道嗎？」

我退後兩步試圖更靠近公司門口讓警衛看見，快！警衛先生快走過來。

「妳要不要跟我認錯？」謝峻凱又露出笑容，微笑著問我，但這笑容只讓我覺得好恐怖。「我真的很好，妳只要認錯，回來我身邊，我絕對不會跟妳計較，我真的很喜歡妳。」

我不要你的喜歡啊！很想大喊，卻又怕激怒他，此刻我真的不知道該怎麼辦才好。

這時候我看見一輛計程車停在前面馬路上，打開門下車的是張又晟。
一看見他，我立刻轉身想衝至公司外，警衛先生也非常不負我所望地發現了不對勁，正往我這裡走過來。
但逃跑總是慢一步。
我感覺頭髮被人從背後一把扯住，整個人被往後拖，重重地摔在堅硬的地板上。
原來花崗岩這麼硬，這是摔下去之後的第一個感想，但來不及思考什麼，又被拽著頭髮從地上拉起來，相信我的臉一定痛到扭曲。
「啊……」我忍不住叫出來。
謝峻凱暴怒的臉出現在我眼前：「為什麼要跑？虧我那麼相信妳，妳為什麼要跑？我不會傷害妳的。」
他捏著我的脖子，力道慢慢加強。
好難呼吸。

「謝峻凱，你放開她。」我聽見張又晟的聲音。

「張又晟，你來做什麼？她在欺騙你，她是騙子啊，跟梁可靜一樣都是騙子，你不要上當了。」

「你先放開她。」

「你是不是傻了？這種女人玩玩就好，不要認真啊。」

「你先放開她，其他的事情好說。」張又晟還在重複同一句話。

「這種賤女人你也要嗎？」話聲剛落，我臉上被重重甩了兩個耳光，力道之大足夠讓我眼冒金星。

「謝峻凱！」張又晟大吼。

接著發生什麼事情我不就太清楚了，只記得有人衝過來，然後我又摔落在地上。

睜開眼睛，才發現警衛先生將謝峻凱壓制在地上，而謝峻凱狂亂地掙扎著，一張暴怒的臉還在大吼著。「賤女人！妳們都是騙子！」

張又晟迅速地衝過來扶我坐起身來：「還好嗎？妳還好嗎？」

「痛……」低頭才發現我手臂上不知何時擦傷了好大一片，衣服上血跡斑斑。

謝峻凱還在掙扎，但警衛先生不愧是專業的保全，牢牢地把謝峻凱壓在地上動彈不得。

「為什麼抓我，我不會傷害她……我不會傷害她，我喜歡她。」冷靜下來之後，他開始晃著頭說話。

「我才不要你的喜歡！」這時候不知道哪裡來的勇氣，或許是委屈混合著憤怒，此刻終於能夠說出來：「你這不叫喜歡！只會讓人覺得害怕的力量不是喜歡！」

謝峻凱仍然看著地板喃喃自語：「我真的很喜歡妳，妳為什麼要這樣對我？」

張又晟突然將我擁入懷中，不斷地對我說：「沒事了，沒事了。」

這時我才發現，張又晟的語氣略帶顫抖：「對不起，我應該早點發現的，他前幾天有問我為什麼去妳家，我沒發現他話中的玄機，他根本不應該知道我去妳家的事情。如果我早點發現，或許就不會發生這種事了。」

「我還好。」我反而安慰起張又晟：「現在都沒事了不要擔心。」

沒多久，警車鳴著警笛來到。

他們帶走了謝峻凱，也請我到警局做筆錄，同行的還有見義勇為的警衛先生，以後我進門都要對他三跪九叩以表達我的謝意。

沒想到我的人生除了救護車事件，現在還多出警車事件。

下次不知道會收集到什麼車？希望是藍寶堅尼。

做完筆錄，我打電話跟我媽報備，我媽嚇得要命直說這種事情怎麼可以最後才通知她，我反問我媽說當下我逃命都來不及要怎麼通知她。

身上的傷口，在警局進行簡單的消毒跟包紮，沒有什麼大礙，都是擦傷比較多，還有顯然會變得很大塊的瘀青。

「頭還會暈嗎？」張又晟很擔心地問。

「不會。」我搖搖頭。

現在謝峻凱整個人變得異常安靜，話也不說一句，只是一直盯著地板。他此時已沒有剛剛的兇暴，看起來就是個很普通的人。

離開警局時已經非常晚了，張又晟的陪伴讓我覺得很感動。

回到家的時候，媽媽準備好豬腳麵線說要讓我去去晦氣。

而我只是覺得好累，今天這件事實在太瘋狂了，是平常只有在連續劇裡才看得見的荒謬劇情，沒想到真的會在現實生活中上演，看來編劇們是有認真在寫作的。

送張又晟離開後，我走進浴室洗去一身的疲倦，不知道為什麼，突然覺得事情也許會就這麼落幕。

在感情裡受傷的人，有很多種復原方式，但有些人卻無法好起來，因為有無法面對的傷痛，所以只能在那樣的痛裡不斷輪迴，有些人傷害自己，有些人傷害別人。

謝峻凱，其實也只是一個可憐的人。

後來決定不對謝峻凱提出告訴，是因為看見他的母親。

頭髮花白，看起來很慈祥的一位長者，為了兒子，親自來跟我道歉。

她說她知道自己的兒子傷害了我，她也不會縱容，如果我堅持提告，她能體諒，只是她先生早逝，身後又只有這個兒子，之前跟女朋友分手後，就得了躁鬱症，在家裡也一下哭一下笑的，吃藥控制了一陣子，最近好像沒在吃藥，以為他已經痊癒了，沒想到又發生這樣的事。

看著他媽媽在我眼前老淚縱橫地訴說，誰都無法狠下心吧。

我沒有多說什麼，最後只希望她好好照顧自己的身體。

張又晟陪在我身邊，他只是緊緊握住我的手。

希望雨過天晴，這就夠了。

尾聲

夏天剛開始沒多久，就剪去近三十公分的頭髮。

張又晟說差點不認得我。

我則是覺得好清爽，而且從那天開始，吹乾頭髮只需要五分鐘。

跟謝峻凱和解，他也再度接受醫生的治療，他不是個壞人，希望他可以從傷痛中慢慢走出來，然後痊癒，或許有天可以再遇見真心相待的人。

我跟張又晟還是維持這樣，一同回我家吃飯，一同去看電影，現在還偶爾一同陪他爸吃飯。

只是有天我突然想起，他都沒有在我清醒的時候對我告白過。

這也太誇張了吧。

怎麼會沒有說過喜歡我呢？

怎麼會沒有說過愛上我呢？

我們怎麼會就這樣不明不白地在一起，而我一點名分也沒有呢？

這問題我找不到答案，一定要問本人才可以。

我抓住坐在我家沙發上的張又晟，語氣嚴厲地問他：「喂，你是不是都沒跟我告白過？有人這樣偷懶的嗎？」

張又晟本來在看電視，聽見這個問題，只是慢條斯理地說：「我以為妳在急診室的病床上都聽見了說。」

我心一驚，怎麼？他發現了嗎？但還是決定裝死到底：「哪……哪有？」

「有個人躺在病床上，媽媽說她在睡覺，但她眼皮底下的眼睛卻是骨碌碌地轉，加上拳頭攢得死緊，是說誰睡覺會把拳頭握緊的？」張又晟講話還是一樣這麼機車，我喜歡他哪裡？

「我……我作夢不行嗎？」

「小姐，妳說謊的技巧太差了，上估狗學習一下好嗎？」

話說完之後，張又晟一把拉住我，將臉貼近：「話說回來，妳也沒有對我告白過啊。」

「耶？」對吼，我自己也沒有啊，其實是有，但他那天喝醉了。

果然，不要忘記有一根手指指向別人的時候，有四根正指著自己。

「耶什麼？快說啊。」

「說什麼？」

「說『張又晟我喜歡你，拜託你跟我在一起』。」

「我才不要。」我轉過頭，拒絕做這種沒有志氣的事情。

「那我要把妳偷襲我的事情告訴妳媽媽，說我在妳家因為喝醉而受到委屈。」

張又晟裝出一副可憐的無辜樣。

「你……你不是喝醉了嗎？」相較於他要告訴我媽的威脅，發現他其實是醒著的消息更令人震驚。

「我不是說我會假裝不知道嗎？」

「……」我無言了，這就是我喜歡的人嗎？

我開始認真考慮假裝沒有喜歡過這個人。

「這麼閃光？」旁邊突然出現可靜的聲音。

對吼，我都忘記今天可靜跟張又晟都來我家，我媽跟我姊出去買菜，只剩我們三個在家裡。

「沒啊。」張又晟嘻皮笑臉的說：「還是妳也想抱一個？」

「白癡。」可靜學會了我的招牌用語。

接著可靜轉向我，丟了張信用卡帳單給我：「付錢。」

「什麼？」我迷迷糊糊地接過來，上面的金額嚇得我差點從沙發上跌下來。

「這這這……」

「有人跟我打賭說張又晟沒有喜歡她，如果張又晟喜歡她的話，日本之旅她要付錢，所以我訂好了，爽快地付錢吧。」

「啊？」完蛋了，我苦著一張臉，這下子除了要認真學說謊的技巧之外還要認真學反悔了。

「不關我的事喔。」張又晟一臉幸災樂禍的樣子。「誰教妳要打這種無聊的賭，竟然在我這麼深情的對待下，還說我不喜歡妳，簡直就是活該。」

「你！」我瞪著假裝很認真看電視的張又晟。

「快去付錢啊，繳款期限快到了。」可靜跟著坐在沙發上看起電視來了。

「妳為什麼不用分期付款啦？！」

可靜微笑地轉頭看著我：「這樣妳才會牢牢地記住愛情的代價啊。」

損友！損友！

The End

後記

故事結束了。

之前的自己，很喜歡悲傷的故事，總是在那些無端的心痛之中，找到力量。或許自己能藉由那樣的痛楚去獲得治癒。

但這次的故事藉由完全輕鬆的氛圍來表達兩個人之間相處的自然，愛情，並不需要轟轟烈烈才顯得珍貴。

或許是經歷過曾經轟烈的感情，或許也曾經陷在痛楚中找不到自己，但從那樣的過程中走過來之後，終於發現其實重要的還是自己的心。

太習慣去配合對方，太習慣去照顧對方，但記得「慾望城市」裡的某句台詞深深打動了我：「只有自己，才是能陪自己到最後的人。」

說得真好，是不？

才想起，除了愛情，人能夠擁有的還有許多珍貴的感情，像家人、朋友，永遠在難過的時候給自己最慷慨的懷抱。

喜歡書寫，因為喜歡書寫帶來的收穫，在文字中我找到自己的價值，也感謝那些喜歡故事的人。

最近喜歡悠閒地發呆，有時候只是望著天空，有時候對著車水馬龍的街道發楞，在那樣空白的時間內，有時思考，有時回憶，有時只是讓自己靜靜靠著柔軟的椅背。

能有人一同分享很美，但獨自一人也顯得愜意。

人，無論經過多少個春夏秋冬，應該對自己好的人，就是自己。

Yumi

All about Love / 15

在愛情轉角處，想你

國家圖書館出版品預行編目資料
在愛情轉角處，想你 / Yumi 著.
— 初版. — 臺北市 : 春天出版國際, 2012.12
面； 公分. —（All about Love ；15）
ISBN 978-986-6000-45-4（平裝）
857.7 101024135

ISBN 978-986-6000-45-4
Printed in Taiwan

作　者 Yumi
封面設計 克里斯
內頁編排 三石設計
總編輯 莊宜勳
企劃主編 鍾靈
責任編輯 黃郁潔

出版者 春天出版國際文化有限公司
地　址 台北市信義路四段458號3樓
電　話 02-7718-0898
傳　真 02-7718-2388
E－mail frank.spring@msa.hinet.net
網　址 http://www.bookspring.com.tw
部落格 http://blog.pixnet.net/bookspring
郵政帳號 19705538
戶　名 春天出版國際文化有限公司
法律顧問 蕭顯忠律師事務所
出版日期 二〇一二年十二月初版一刷
定　價 180元

總經銷 楨德圖書事業有限公司
地　址 新北市新店區復興路45號3樓
電　話 02-2219-2839
傳　真 02-8667-2510

15

All about Love

15

All about Love